ROSIE RUSHTON

BENİ RAHAT BIRAK ANNE!

Çeviri
Nazlı Uzunali

epsilon

RADYODA

"Hep birlikte güzel bir güne başladık," dedi Dean Laurie. Kahvesinden çabucak bir yudum aldı. "Bugün bu kasabada yaşayan hiçbir çocuğun kaçırmak istemeyeceği bir program yapacağız. Bizi her konuda arayabilirsiniz."

Kahvesinden bir yudum daha aldı. Kahveyi mikrofona yakın içmemek gerekiyordu. Yoksa dinleyiciler tuhaf sesler duyuyorlardı. "Bu hafta, kendinizi kötü, küçük düşmüş hissettiğiniz, hani yer yarılsa da içine girsem dediğiniz durumlardan söz edeceğiz!"

Dean stüdyo camından Ginny Gee'ye el salladı. Ginny *Leehampton Echo* dergisinde köşe yazarı ve editördü. Cumartesi sabahları da radyoda program yapıyor, gençlerle onların ergenlik sorunlarını konuşuyordu.

"Anne ya da babanız sizi arkadaşlarınızın önünde aptal durumuna mı düşürdü?" diye devam etti Dean. "Yoksa ağabeyiniz sizi ezmeye mi çalışıyor? Ölsem de kurtulsam dediğiniz oluyor mu hiç?"

O sırada Ginny içeri girip koltuğuna yerleşmişti.

"Bugün yanımda *Echo* dergisinden Ginny Gee var. Kendisi sizinle, başınızdan geçen yüz kızartıcı olayları konuşacak. Bu arada bir kişiye büyük bir ödül vereceğiz. Durmayın, hemen şimdi bizi arayın. Numarayı zaten biliyorsunuz."

Dean koltuğunu Ginny'ye çevirdi. "Geldiğin için teşekkürler Ginny," dedi. "Şimdi tek yapmamız gereken şey oturup hayatlarında büyük utançlar yaşayan çocuklardan telefon beklemek."

"Bence çok kişi arayacak," dedi Ginny. "Hemen her çocuk hayatında büyük bir utanç yaşar."

Ginny, turuncu ojeli tırnaklarına bakıp içini çekti. "Örneğin benim kızım ailesinden utanıyor. Onunla tanışmış mıydın Dean?" Her tarafa parfüm kokusu yayılmıştı. "Bu sabah bana bu kılıkta dolaşmamın hiç doğru olmadığını söyledi. Fuşya ve turuncu tenime hiç yakışmıyormuş. Günümüz çocukları ne kadar tutucular değil mi? Söylesene Dean, güzel görünmüyor muyum?"

Dışarıda telefonlar çalmaya başlamıştı bile.

KAPALI KAPILARIN ARDINDA

Ginny Gee dudağına kan kırmızısı rujunun sekizinci katını sürüp sutyenini düzeltirken, dinleyicilerinden birkaçı o gece için plan yapıyordu.

Laura Turnbull, duvarları Purple Ronnie'nin şarkı sözleriyle kaplı olan, minik hayvan biblolarından geçilmeyen yatak odasında bir yandan nefret ettiği kızıl kaşlarını alıyor, bir yandan da çillerin ameliyatla yok edilip edilemeyeceğini düşünüyordu. Aslında o sırada tarih ödevi için araştırma yapması gerekiyordu; ama Laura o günlerde kendisinden beklenen şeyleri pek yapmıyordu ki. Sonunda bütün dünyanın kendisine karşı olduğuna karar vermişti. Kötü kaderinin ona yaptıkları saymakla bitmiyordu. Babası onları terk edip sevimsiz bir kadınla yaşamaya başlamıştı. Annesi de babasının geri dönmesini sağlamak için elinden geleni yapmak yerine, gidip Melvyn Crouch denen o *hanzoyu* bulmuştu. Bütün bunlar yetmezmiş gibi, Laura'nın saçlarının rengi ona hiç yakışmıyordu. Poposu kocamandı. Burnu ise kemerliydi. Büyükannesi burnunun onu çok sevimli gösterdiğini düşünüyordu. Oysa Laura'ya göre tam bir felaketti bu. Bir erkek arkadaşının olmamasına şaşmamak gerekti. Erkekleri etkileyebilmek için, tıpkı Chelsea gibi karizmatik ve havalı olmak gerekiyordu.

Ama Laura ne zaman sosyal hayatının renk kazanması için saçının rengini değiştirmesi, perma yaptırması ve kaşlarını boyatması gerektiğinden söz etse, annesi gülüp geçiyordu. Onun sosyal hayatının renksizliği ya da babasını çok özlüyor olması, üstüne üstlük bir de Betsy'nin korkunç çocukları sümüklü Sonia ve sulugöz Daryl ile rekabet etmek zorunda kalması annesinin umurunda bile değildi ki zaten! İnsanın içini sıkan bu korkunç eve taşınmalarını, okulun en dedikoducu çocuğu Gary Wilkes'in Melvyn'le onu öpüşürken görmesini ve bütün okula Laura'nın annesinin kendine bir sübyan bulduğunu yaymasını bile umursamamıştı o!

Laura'nın hayatında hiçbir şey yolunda gitmiyordu ve hiç kimsenin bunu umursadığı yoktu. *Hot FM* ona utanç hakkında yeni hiçbir şey söyleyemezdi. Ancak, yirmi bir yaşına gelmeden önce Booker ödülünü kazanmayı kafasına koyan biri olarak, birden Laura'nın aklına parlak bir fikir geldi.

O sırada, Jemma Farrant, Billing Hill'deki sarılı yeşilli, loş ışıklı odasında radyoyu dinliyor ve baş parmağını vargücüyle ön dişlerine bastırıyordu. Jemma dişlerinden nefret ediyordu. Küçükken baş parmağını çok emdiği için öndeki iki dişinin çıkık olduğuna inanıyordu. (Aslına bakılırsa hâlâ sıkıştığı ya da sıkıldığı zamanlarda, örneğin Fransızca ödevini yaparken ya da arabayla yaptıkları uzun yolculuklarda, hiç kimsenin kendisine bakmadığı sırada parmağını emiyordu.) O günlerde Jemma'nın nefret ettiği pek çok şey vardı. Annesinin mutlaka atkuyruğu yapmasını ya da örmesini istediği pırasa püskülü gibi düz çamur rengi saçlarından nefret ediyordu. Sussex'ten ayrılıp tanıdık tek bir kulun olmadığı Leehampton'a taşınmak, dönemin ortasında yeni bir okula başlamak zorunda kalmış olmaktan nefret ediyordu. En kötüsü de, bir genç kızdan çok dokuz yaşındaki uslu bir kız çocuğuna uygun giysilerle dolu gardırobundan nefret ediyordu. Sorun, her yerde çizgili etekleri, rengârenk yünlü kazakları ve atkılarıyla dolaşan, sadece kocasının çalıştığı hastanenin düzenlediği davetlere ve düğünlere giderken makyaj yapan, neredeyse tüm hayatını da kızının makyaj yapmasını engellemeye adayan annesiydi.

Keşke büyükannesi olsaydı; o, annesinin hakkından gelirdi. Jemma, annesiyle kesin bir şekilde konuşmak için cesaretini toplamaya çalışıyor, ama sonra bundan çekinerek vazgeçiyordu. Kendisiyle tartışmaya girmeye kalkan biri olduğunda annesi öfkeden deliye dönerdi; oysa Jemma gergin ortamlardan nefret ediyordu. Büyükannesi ise yetmişli yaşlarını sürmesine karşın son derece sakin ve serinkanlı bir yapıya sahipti. Deniz kıyısındaki bir köydeki küçük evinde Maud adlı kaplumbağası ve Claw adlı papağanı ile birlikte yaşıyordu. Büyükanne, insanın hayatını yaşaması gerektiğine inanır, herkese de aynı şeyi yapmalarını önerirdi. Ona göre, şu üç günlük dünyada hiçbir şey kafaya takmaya değmezdi. Jemma'nın onun tek kızı olan annesi neden ona benzememişti sanki? Jemma büyükannesine mektup yazıp onu çağırmayı bile düşünüyordu.

O hafta Jemma nihayet son derece havalı bir yere davet edilmişti. Ama annesi çevreyi henüz hiç tanımadıklarını söyleyerek izin vermemişti. İyi de bu kimin suçuydu? Taşınmayı Jemma mı istemişti? Babasına, bu kasvetli kasabanın iç karartıcı hastanesinde çalışmasını Jemma mı söylemişti? Annesi Jemma'nın arkadaş edinmekte ne kadar zorlandığını biliyordu; ama babası bu işi kabul etmekte ısrar etmişti. Bu onun "tıbbi kariyerinde çok önemli bir basamak"tı; işte o kadar. Peki bunun bedelini kim ödüyordu? Jemma. Bu annesinin umurunda mıydı? Kesinlikle hayır. O, ikizlerin ve can sıkıcı Samuel'in üzerine titremekle, Jemma'nın kahvaltısını yaptığından ve temiz çoraplar giydiğinden emin olmaya çalışmakla meşguldü; onun duygusal ve psikolojik travmaları nedeniyle endişelenecek zamanı yoktu. Keşke annesi Jemma'nın dergilerinin arka sayfalarını okusaydı; o zaman belki kızının gelişiminin kritik bir döneminde olduğunu anlayabilirdi. Ancak o sadece yemek tariflerini ve ev işleriyle ilgili püf noktaları okumakla yetiniyordu. Babası da hastalarıyla meşguldü. İkisinin de Jemma'nın yaşadığı sorunlara ilişkin en küçük bir fikri yoktu. Jemma, "ihmal edilen bir çocuk" olarak adlandırılıp adlandırılamayacağını merak ediyordu. Böyle giderse, bundan kuşku duymayacaktı.

Jemma'ların bitişiğindeki evde, Jon Joseph, babasının öfkeli söylenmelerini duymamak için walkman dinliyordu (bu walkman'i on beşinci doğum gününde kendisine verilen paralarla almıştı). Babası bir yandan golf çantasını topluyor, bir yandan da Jon'un ne kadar umursamaz bir çocuk olduğunu tekrarlayıp duruyordu. Her şey, Jon'un o gece diskoya gitmek istemesiyle başlamıştı. Babası mısır gevreklerini, haşlanmış yumurtalarını, tostunu yiyip iki fincan da kahve içtiği süre boyunca söylenmeye devam etmişti. Her zamanki şeyleri tekrarlayıp duruyordu; Jon'un sosyal yaşamına gösterdiği ilgi ve özeni derslerine göstermemesi ne kadar yazıktı, böyle giderse Jon bir baltaya sap olamazdı, emeklere yazıktı. Tamam, Jon son sınavlarda aldığı notların çok yüksek olmadığını kabul ediyordu, ama istemediği bir şey için çaba sarf etmesinin ne anlamı vardı? Üstelik başka hiçbir anne baba çocuğunun hafta sonları ders çalışmasını istemiyordu. Oysa babasına göre, "çalışmamak için bahaneler bulmaya devam ettiği sürece asla zirveye ulaşamazdı."

Babası iyi bir konuşmacıydı, ama iyi bir dinleyici değildi. Jon için parlak fikirleri vardı; oğlu üniversiteye gidecek, hukuk okuyacak ve ödüller kazanacaktı. Ama hiç kimse Jon'un ne istediğini sormuyordu. Jon, kendisini babasının deyimiyle "uyduruk bir okul" yerine koleje göndermek için yapılan fedakârlıkları dinleyip duruyordu. Koleje gitmeyi kendisi istememişti ki. Her gün bir saat yolculuk etmek ve babasının golf kulübünde oğlunun koleje gittiğini söyleyerek böbürlenmesini sağlamak onun fikri değildi. O sadece babasının biraz anlayışlı davranmasını, hayatta yüksek notlardan başka şeylerin de olduğunu görmesini istiyordu. O gece diskoya gidecekti. Ne olursa olsun gidecekti!

Wellington Yolu'nda, Sumitha Banerji, yaramazlıklarıyla kendisini deli eden küçük erkek kardeşini odadan kovmuş, yatak odasının aynasının karşısında dikiliyordu. Daha uzun boylu görünmek için saçlarını tepesinde toplamaya çalışıyordu. Annesiyle babası onun gelişmesine engel olduklarını, onun tam bir sosyal felaket haline gelmesine, önüne çıkan tüm fırsatları kaçırmasına yol açtıklarını ne zaman fark edeceklerdi acaba? Saçlarını kestirmesini yasaklamakla kalmıyor, tırnaklarını boyamasına ve makyaj yapmasına da izin vermiyorlardı. Babası onun nereye kiminle gideceğini, ne kadar süre dışarıda kalacağını bilmekte ısrar ediyordu. Sumitha bu kez diskoya gideceğini söyleme zahmetine bile girmemişti, çünkü alacağı yanıtı biliyordu. En son diskoya gitmek istediğini söylediğinde, babası, "Orası senin yaşındaki, iyi yetişmiş Bengal'li kızlara uygun bir yer değil," demişti. Annesi Sumitha'ya özür diler gibi, kocasına da endişeli gözlerle bakmıştı; ama Sumitha'nın lehine tek kelime etmemişti. Sumitha annesinin tam bir korkak olduğuna karar vermişti.

"Kalküta'da büyümüş olsaydın..." diye devam etmişti babası.

"Ama ben kahrolası Kalküta'da büyümedim ki!" diye bağırmıştı Sumitha.

Babası, "Ben söyleyeceğimi söyledim," diye karşılık vermişti. "Konuşmandan, İngiliz arkadaşlarının seni nasıl etkilediği anlaşılıyor. Disko konusunda cevabım hayır. Son sözüm bu."

Ama bu haksızlıktı. Kalküta'da değillerdi ki. Sumitha, oraya sadece üç yılda bir, büyükanne ve büyükbabasını görmek için giderdi. O İngiltere'de doğmuştu, arkadaşları da İngiltere'de doğmuşlardı. Annesiyle babası neden iki şeyin aynı anda olmasını istiyorlardı sanki? Onlar İngiltere'ye öğrenci olarak gelmişler ve buradaki imkânlar çok daha fazla olduğu için de kalmaya karar vermişlerdi. Yine de Sumitha'yı ve kardeşini, kendilerinin Hindistan'da yetiştikleri şekilde yetiştirmek istiyorlardı. Babası, genç kızların uzun saçlı olmaları gerektiğini, uzun saçın terbiyenin simgesi olduğunu söyleyip duruyordu. Oysa *Shriek!* dergisinde kısa saçın insanı daha uzun boylu gösterdiği yazıyordu. Sumitha boyunun fazla uzamayacağını düşünüyordu; o halde madem onu daha hoş ve havalı gösterecek bir saç kesimi vardı, saçlarını öyle kestirmesi gerekirdi. Ancak babasının kaçınılmaz tepkisinden çekindiği için, henüz buna cesaret edememişti.

Şimdi asıl mesele o gece diskoya nasıl gideceğiydi. Babası diskoların gidilmemesi gereken, gereksiz yerler olduğuna inanıyordu. Kızının drama, piyano ve bale dersleri almasından çok hoşnuttu; ancak disko söz konusu olunca dudaklarını sımsıkı kenetliyor, başını sallayarak bunun kesinlikle yasak olduğunu gösteriyordu. Dans etmeyi bir yaşam biçimi olarak gören Sumitha, bale dersleriyle disko arasındaki farkı anlayamıyordu.

Ancak bu kez Sumitha onları mat edecekti. Annesiyle babası o gece bir otelde verilen danslı davete gidiyorlardı. Geceyi de orada geçireceklerdi. Sumitha da Laura Turnbull'un evinde kalacaktı. Ancak anne ve babasının bilmediği bir şey vardı. Laura o sırada annesini, Sumitha'yla ikisinin diskoya gitmelerine izin vermesi için ikna etmeye çalışıyordu. Bayan Turnbull'un, annesiyle babasının fikrini sormak için evlerine telefon etmesi bile Sumitha açısından sorun yaratmayacaktı; çünkü annesiyle babası öğle yemeğinden hemen sonra evden ayrılacaklardı. Küçük kardeşine bakacak büyükannesinin İngilizcesi de telefonlara bakamayacak kadar kötüydü. Sumitha radyonun sesini açtı ve şarkıya eşlik etmeye başladı. Babam pop müzikten nefret edermiş. Pöh!

Thornburn Crescent'te de duygular karmakarışıktı. Chelsea Gee, ablasının ona Şikago'dan getirdiği aynaya bakıyor, umutsuzca, inatçı, kıvırcık, kestane rengi buklelerini fırçalıyordu. Bir yandan da yanağında çıkmış olan, kocaman, kararlı sivilceyi kapatmaya çalışıyordu. "Annem de aynı şeyleri yaşamıştır," diye geçiriyordu içinden, öyle olduğunu umuyordu. Ama bunun boş bir umut olduğunu biliyordu. Gölgede kalmak, hiç annesinin tarzı değildi. Annesi, ilgi çekme konusunda sayısız Oscar alabilirdi. Kendisi gazeteciydi, ve *Echo* dergisinde köşe yazıları yazıyordu. Sorun, onun yaptıklarıydı. Bayan Gee radyodaki programında aşk, seks ve moda (kendisi de turuncu mini etekler ve sivri topuklu ayakkabılar giyerdi) konusunda saatlerce konuşurdu.

Chelsea, içinden arkadaşlarının radyoyu dinlememeleri için dua ediyordu. Çünkü az sonra yapacağı radyo programında gençlerin ihtiyaçlarına anlayışla yaklaşacak olan kişi onun annesiydi. Ama aynı zamanda kızına diskodan saat on buçukta dönmesini söyleyen kişi de onun annesiydi. Radyoda "Gençleri Gençlerin Kulağıyla Dinleyen Anne" adında bir program yapan birinin böyle bir şey söylemesi çok tuhaftı. Yarım akıllı biri bile diskodan saat on bir buçuktan önce ayrılmanın ölümden beter olduğunu bilirdi. Radyo istasyonu, Ginny Gee'nin müthiş bir dinleyici kitlesinin olduğunu düşünebilirdi; bu Ginny Gee'nin kızını hiç etkilemiyordu doğrusu.

CHELSEA, AARDVARK'LA KONUŞUYOR

O sabah Chelsea Gee'yi aynadaki görüntüsünü çatık kaşlarla seyrederken gören hiç kimse, bu kadar büyük bir sıkıntının nedenine akıl erdiremezdi. Chelsea gür, dalgalı saçları, bal rengi gözleri, dişçisine bile "herkesin böyle güzel dişleri olsa ben aç kalırım" dedirten bembeyaz dişleriyle öylesine güzeldi ki.

Yatak odası da son derece hoş bir yerdi; tabii yığın yığın dergiler, oraya buraya atılmış giysiler, tüylü oyuncaklar, CD'ler ve boş kola kutuları arasından görülebildiği kadarıyla. Çam yatağın üzerinde, Tibet'e özgü bir rüzgâr gülü asılıydı; duvarlarda ise posterlerin, *Shriek!* dergisinden kesilen ve on yedi günde nasıl bir süper modele benzeyebileceğinizi anlatan yazıların arasında Peru'ya özgü duvar süsleri, masklar, Fransız şarap mahzenlerinde çekilmiş resimler vardı. Bunlar, Chelsea'nin, üniversiteden hep sırtında bir çantayla üzüm toplayarak ve yabancı öğrencilere İngilizce konuşmayı öğreterek dönen ablası Geneva'nın hediyeleriydi.

O sabah Chelsea, bir daha hayatında hiçbir şeyin doğru dürüst olmayacağından çok emindi. Böyle durumlarda hep yaptığı gibi, artık iyice hırpalanmış ve yıpranmış olan emektar ayıcığıyla dertleşiyordu. Ayısına Aardvark* adını o koymamıştı; bu dilbilimle yakından ilgilenen annesinin fikriydi. Belki binlerce kez, "Bu ayı bebekliğinde sana aldığımız ilk şey," diye açıklama yapmıştı Chelsea'-ye. "Aardvark da sözlükteki ilk sözcük." Başka çocukların Teddy, Pooh filan gibi isimleri olan ayıları vardı. Ama çocuklarına doğdukları kasabaların adını veren bir anneden başka ne beklenebilirdi ki? Geneva, Warwick, Chelsea. 'Neyse ki Leehampton'a taşındıktan sonra çocuk yapmaktan vazgeçmişler,' diye düşünürdü Chelsea. Lee Gee diye bir isim ne komik olurdu!

Chelsea saçına Pretty Girl spreyini sıktıktan sonra radyoyu açtı. Annesinin programı başlıyordu.

Bu felaket program bardağı taşıran son damla olmuştu. Chelsea hayatında bu kadar utandığını hatırlamıyordu.

"On dört yaşındaki başka hiçbir kızın haftada bir kez toplum önünde böylesine küçük düşmediğine bahse girerim. Hele annesi tarafından küçük düşürülen hiç kimse yoktur! Her beş dakikada bir gazeteye poz verip buruşmuş diz kapaklarını bütün dünyaya teşhir etmesi yeterince kötüydü zaten. Ama benim arkadaşlarım yalnızca burçlarını okudukları için idare ediyorduk."

Chelsea, annesinin renkli konular bölümünün editörlüğünü yaptığı *Echo* dergisinin son sayısında yayımlanan makaleyi kastediyordu. Makalenin başlığı "İnsan Hangi

---

*İngilizce sözlükte ilk sözcük olan *Aardvark*, Güney Afrika'da bulunan ve karınca yiyen bir hayvan anlamına gelmektedir.

Yaşta Mini Giymek İçin Fazla Yaşlanmış Olur" idi. Makalenin hemen altında şu alt yazıyla büyük bir fotoğraf yer alıyordu: "Üç çocuk annesi Ginny Gee kırkı geçkin birinin bile muhteşem görünebileceğini kanıtlıyor!"

"Kırk beş yaşında biri için hiç de fena görünmüyorum, değil mi?" diye kıkırdamıştı Chelsea'nin annesi.

"Harika görünüyorsun, tatlım," demişti babası, gözlerini okumakta olduğu *Aylık Gurme* dergisinden pek de kaldırmadan. (Onca yıllık deneyimin sonucunda, ne zaman yağcılık yapması gerektiğini kesin olarak öğrenmişti.)

Chelsea, "İğrenç, duble iğrenç," diye mırıldanmıştı.

"Efendim?" demişti annesi.

"İnanılmaz," diye lafı çevirmişti Chelsea, uysal bir tavırla.

Aslında bu olay Chelsea'yi o kadar etkilemiş ve utandırmıştı ki, sonunda oturup teşhirci anne babaların zorlukları konusunda bir şiir bile yazmıştı.

ANNELERE ŞİİR
Anneler hassas olmak zorundadırlar,
Zarif, yumuşak ve kibar;
Anneler güzel şeyler giymek zorundadırlar,
Çizgili etekler ve bluzlar;
Modanın esiri olmamalılar,
Çünkü bu doğru olmaz,
Kırışmış bacaklarda
Mini etek hiç hoş durmaz!

Şiiri yazdığı küçük kâğıdı buzdolabında Chardonnay şişesinin yanına, hemen göze çarpacak bir yere bırakmıştı. Annesinin, yorucu bir günün ardından biraz keyif yapmak için bir kadeh içki almak isteyeceğini tahmin ediyordu; daha doğrusu bundan emindi. Ancak beklediği olmamıştı. Yenildiğini hissetmişti.

"Şu anda stüdyomuzda *Echo* dergisinden Ginny Gee var. Kendisi, hani şu yüzünüzü kızartan durumlardan kurtulmanıza yardım etmek için burada!" diye ciyakladı Dean, Chelsea'nin sinir sistemini alt üst ederek.

'İşte bu çok güzel,' dedi Chelsea. 'Kendisi başlı başına yüz kızartıcı bir durum zaten. Eğer benim duygularımı biraz olsun düşünseydi, emekliye ayrılır, güzel yemekler pişirir, kendisini bütün arkadaşlarımın gözü önünde teşhir etmek yerine, oturup çocuklar için hikâyeler yazardı.'

"Laura'nın annesinin onun gece yarısına kadar dışarıda kalmasına izin vereceğine eminim. Ama zaten Laura'nın annesi dengeli, mantıklı bir insan," diye anlattı Aardvark'a. "Belki Bayan Turnbull'dan annemi ikna etmesini isteyebilirim. Ne de olsa onlar sıkı dostlar."

Bu fikir çok hoşuna gitmişti. Tam annesiyle konuşmasını söylemesi için talimat vermek üzere arkadaşına telefon etmek üzereyken, babası ona seslendi.

"CHELSEA, AŞAĞI GELİP ÖĞLE YEMEĞİNİ HAZIRLAMAMA YARDIM EDER MİSİN?"

'Hayır, olamaz! Bir bu eksikti! Babam ve yemek pişirme dersleri!' diye geçirdi içinden Chelsea.

Bay Gee yeni şeyler keşfetmekten çok hoşlanan insanlardandı. Gıda maddeleri üreten bir şirketin pazarlama müdürü olduğundan beri de sık sık mutfağa girip, üzerinde hardal şişesi resimleri olan parlak önlüğüyle egzotik yemekler pişirir olmuştu. Bu arada bir de mantar yetiştirmeye merak sarmıştı. Yemek pişirme ve yeni yemekler keşfetme konusunda oldukça yetenekliydi. Yumurta, patates kızartması, pirzola gibi sıradan yemekler onun yaratıcı içgüdülerini hiç ama hiç tatmin etmiyordu.

Chelsea içini çekti. Babasına çok düşkündü, ama onu bir türlü anlayamıyordu. Tamam, annesi etrafta Chelsea'nin onun yaşına hiç uygun olmadığını düşündüğü giysilerle dolaşıyordu, ama o hiç değilse giysilerine özen gösteriyordu. Babası ise giysileri sadece ısınma aracı olarak görüyordu; bir giysi ne kadar eski ve yıpranmışsa onun o kadar hoşuna gidiyordu. Son zamanlarda en sevdiği giysisi, üzerinde bir penguen resmi olan pamuklu kazağı ile yetmişli yıllardan kalmış görünen süet ayakkabılarıydı.

"HAYDİ CHELSEA! YEMEK PİŞİRİRKEN YARDIMA İHTİYACIM VAR!"

Chelsea bir of çekti. 'Onun müthiş icatlarına yardım etmek zorunda mıyım ben? Izgara balık yapıverse olmaz mı sanki?'

"CHELSEA, SENİ BEKLİYORUM! YARDIMINA İHTİYACIM VAR!"

"GELİYORUM!"

'Tabii annemi suçlarım. Eğer o doğru dürüst bir anne olup evinde otursaydı, ben de normal bir çocukluk yaşayabilirdim. Zaten bence Warwick de anne şefkatinden yoksun büyüdüğü için bu hale gelmiş.'

Warwick onun yüzü sivilceli, botanikçi olmayı hayal eden ağabeyiydi. Hayatını yarı şuursuz yaşıyor gibiydi. Son birkaç haftadır bambu ormanlarını görmek için Endonezya'ya gitmeye hazırlanıyordu. Chelsea onun için çok endişeleniyordu. "Ben onun havaalanına gidebileceğinden bile şüpheliyim," demişti arkadaşlarına.

Bir keresinde ağabeyine, teşhirci anneleri hakkında ne düşündüğünü sormuştu.

"Paraya ihtiyaçları var," demişti Warwick. O sırada, ölmek üzere gibi görünen bir sürgünle ilgileniyordu; bu sürgünün harika bir kiraz ağacı olacağına inanıyordu. "Şunları tutar mısın, Chelsea?" Çok ilgili bir ağabeydi gerçekten.

"CHELSEA! BİR DAHA SÖYLEMEYECEĞİM!"

"GELİYORUM!" Chelsea, hayatın ne büyük haksızlıklarla dolu olduğunu düşünüp söylenmeye devam ederek merdivenleri indi.

"Yine mi Chelsea? Kendi kendine konuşmak deliliğin ilk belirtisidir, biliyorsun değil mi?" dedi babası.

"Bu evde aklı başında bir şekilde sohbet etmenin tek yolu bu," diyerek cevabı yapıştırdı Chelsea. "Ne yapmamı istersin?"

Babası hemen işin havasına girdi ve hevesle tahta kaşığı kaptı.

"Evet, şimdi Pastel de Choclo yapacağız ve çok hızlı çalışmak zorundayız."

Chelsea içinden, 'Bu "biz" çok hoşuma gidiyor doğrusu,' diye geçirdi. Yine de çikolata hiç de fena olmazdı.

Babası buzdolabından bir parça et çıkardı ve bu eti ameliyata girmek üzere olan bir mikro cerrahi uzmanı gibi dikkatle inceledi.

"İyi de çikolata nerede?" diye sordu Chelsea.

"Çikolata değil, benim akıllı kızım. Et, mısır, yumurta, kuru üzüm ve zeytinle yapılan bir Şili yemeği bu..."

Chelsea "Öööö! İğrenç bir şeye benziyor!" diyerek yüzünü buruşturdu.

Babası şefkatle gülümsedi. "Artık biraz daha maceracı olmanın zamanı geldi Chelsea. Dünyada binbir türlü lezzet var; ama sen kızarmış tavuk ve çikolatalı kekle yetinmeyi tercih ediyorsun. Birkaç yeni lezzet denemezsen, damak zevkini geliştiremezsin ki."

Chelsea, yorum yapmamanın daha iyi olacağına karar verdi.

"Baba..."

"Efendim?"

"Annemin şu yeni radyo işi hakkında ne düşünüyorsun? Yani bu sence de biraz fazla değil mi?"

"Hımm. Ne?" Babası o sırada baharatlardan hazırladığı sosu tencereye dökmekle meşguldü.

"Şu radyo işi diyorum... Onu bu işten vazgeçiremez misin?"

"İyi de neden? Annen bu işi seviyor. Üstelik bu konuda başarılı da. İnsanların sorunlarıyla uğraşmayı her zaman çok sevmiştir." Bay Gee sosun kıvamını kontrol etti. "Biri kuru üzümlerin hemen hepsini yemiş. Ve benim üzüme ihtiyacım var." Chelsea'ye suçlar gibi bakıyordu.

"Bana bakma. Herhalde Warwick yemiştir," dedi Chelsea.

"Kahretsin! Kuru üzüm olmadan olmaz ki!"

"Üzülme, biz de makarna yeriz!" Chelsea çok rahatlamıştı.

"Hayır, olmaz. Kafamızı çalıştırırsak bir şeyler buluruz," dedi Bay Gee coşkuyla. "Belki kuru erik de işe yarar, ne dersin?"

Chelsea'nin midesinde ne varsa harekete geçmişti sanki. Bunu düşünmemeye karar verdi.

"Ama baba, annem gençlerin cinselliği ya da ıvır zıvırları konusunda gazetede tuhaf yazılar yazıp radyoda tuhaf konuşmalar yaptığında sen de öleyim daha iyi demiyor musun?"

"Hayır. Neden diyeyim? O öğütleri tutmak zorunda olan ben değilim ki." Komik bir espri yapmış gibi güldü. Bir yandan da soğanları soyuyordu. "Aslında ben onunla gurur duyuyorum. Hem annen işini çok seviyor, ben onun kendini bulmaya çalıştığını düşünüyorum."

O sırada içeri Warwick girdi. İnce, sıska bir vücudu, sürekli şaşkın bir ifadenin yerleştiği bir yüzü vardı.

"Ben botanik bahçesine gidiyorum," dedi, gözlüklerinin üzerinden Chelsea'ye bakarak. "Suratında sivilce mi çıktı, Chelsea?"

"Kes sesini!" diye bağırdı Chelsea.

"Annen sana iğnelerini hatırlatmamı istedi," dedi Bay Gee.

Bunu duyan Warwick bir avuç soğan ve bir tane zeytin alıp hemen oradan uzaklaştı.

"Oturma odasındaki radyoyu açar mısın? Anneni dinlemek istiyorum." Chelsea'nin babası sepetten bir soğan daha alıp, sabırla soymaya başladı. Eti, yumurtaları ve zeytinleri bir tabağın içinde karıştırıp, hazırladığı karışıma beğeniyle baktı.

Chelsea yukarı çıkıp kendini yere attı. "Hoşuna gitsin gitmesin, bu şarkı biter bitmez radyoyu kapatacağım," dedi Aardvark'a. "Onu dinlemeye dayanamıyorum. Çok erdemli ve hassas görünmeye, tamponlar ve erkek arkadaşlar hakkında anaç öğütçükler vermeye çalışıyor. Arkadaşlarımın hepsinin onu dinlediğinden eminim. Öyle modası geçmiş şeyler söylüyor ki zaman zaman söylediklerini anlamak bile imkânsız oluyor. Üstelik bir de çok sakin görünmeye çalışayım derken öyle şeyler yapıyor ki, bütün dünya onun hiç de sakin olmadığını anlıyor."

"Ve işte Ginny Gee ile konuşma vakti geldi..."

"Off, işte başlıyor. Sıra ona geldi. Radyoyu kapatıyorum." Chelsea düğmeyi çevirdi. Birden sessizlik oldu. Chelsea tırnaklarını yiyordu. Radyoyu yeniden açtı. "Yapamam. Bununla yüzleşmek zorundayım. Dinleyemem. Dinlemek zorundayım. Lütfen, lütfen birazcık normal davransın. Lütfen, hiç değilse bu kez. Lütfen."

Chelsea'nin duası, telefonun sesiyle kesildi.

"Ne olur bu telefon bana olsun," dedi Chelsea. "Beynimin trajik aile yaşantımdan biraz olsun uzaklaşmaya ihtiyacı var!"

LAURA CHELSEA'DEN YARDIM İSTİYOR

"LEEHAMPTON 54901 – CHELSEA..."

"Selam, Chelsea. Benim, Laura."

'Yaşasın,' diye düşündü Chelsea. 'Bu geceyi ayarlayabilirim.' Ama Laura'nın başka fikirleri vardı.

"Dinle, çabuk konuşmak zorundayım, çünkü annem beni telefonda yakalarsa felaket olur. Şu sıralar, eğer-konuşarak-geçirdiğin-zamanı-derslerine-harcasaydın-sınıfın-birincisi-olurdun-, sendromlarından birini yaşıyor da. Tarih ödevini pazartesiye kadar yapmamız gerektiğini unutmuşum. Annem şu anda odamda Fransız Devrimi'nin nedenleri ve sonuçlarıyla uğraştığımı düşünüyor."

"Ah, hayır, ödevin son günü bu pazartesi değil, değil mi? Senin ödevine bakabilir miyim?" diye sızlandı Chelsea. Laura, hiç bilmediği bir konuda bile on dakikada üç A4 sayfasını doldurabilen insanlardandı.

"Sana bir yararının olacağını düşünüyorsan tabii bakabilirsin," dedi Laura. "Şimdiye kadar sadece iki cümle yazdım. Aklımda daha önemli şeyler var. Biliyor musun, annen..."

"Biliyorum, biliyorum," diye içini çekti Chelsea. "Şu anda radyoda konuşuyor. Lütfen beni ayıplama. Bu çok kötü bir şey, biliyorum, ama elimden bir şey gelmiyor. Sen radyoyu kapatabilirsin, ama ben onunla yaşamak zorundayım."

"Haline şükretmelisin bence. En azından senin annen nasıl davranması gerektiğini biliyor ve..."

Chelsea bağırdı. "Saçmalama! Benim annem hiçbir zaman nasıl davranması gerektiğini bilmedi."

"Sen benim annemle yaşa da gör," dedi Laura. "Annen çok anlayışlı bir insan. Onunla her şeyi konuşabilirsin. Benim annemse daha 'erkek' lafını duyar duymaz deliye dönüyor."

"Benim annem de başkalarının meseleleriyle öylesine meşgul ki benim ne yaptığımın farkında bile değil," diye mırıldandı Chelsea, parmağıyla sol kulağını ovuşturarak. "Her neyse, bana ne diyecektin?"

"Biliyorsun, radyo programında insanların telefon etmeleri ve kendilerini utandıran, sıkan durumları anlatmaları bekleniyor. Bu arada ödül de dağıtıyorlar; gerçi ödülün ne olduğunu henüz söylemediler ama..."

"*Echo*'da azize annemle geçirilecek bir gündür eminim," diyerek onun sözünü kesti Chelsea.

"Bu harika olurdu," dedi Laura coşkuyla. "Kitabımda bundan söz edebilirdim."

Chelsea, 'Bazı insanlar ne kadar kolay mutlu oluyorlar,' diye düşündü. Laura edebiyata yatkın bir insandı. Okul dergisine gönüllü yazılar yazar, eline geçen her kitabı okurdu. Chelsea ise kimya tüpleriyle deneyler yapmayı tercih ederdi.

"Her neyse," diye devam etti Laura, "ben düşünmüştüm ki, belki annene telefon edebilir ve ondan annemle konuşmasını isteyebilirim. Şu Melvyn meselesi hakkında, iş işten geçmeden..."

"Ah, hayır, Laura, bunu yapamazsın. Annem senin sesini tanır. O zaman kimin tarafını tutar sanıyorsun? Onların ne kadar iyi dost olduklarını bilmiyor musun?"

"Biliyorum, ama olsun," diye karşı çıktı Laura. "Eğer telefon edersem, farklı bir isim kullanır ama tüm ayrıntıları verirsem, annen arayan kişinin ben olduğumu tahmin eder. Annemin saçma sapan davranışlarının beni ne hale getirdiğini anlayınca, onunla gizlice özel bir konuşma yapar ve kendisine benim yaşamımı mahvettiğini söyler. Annen böyle şeyleri anlar. Benim annem de senin annene çok güvendiğine göre, onun söylediklerini dikkate alır ve kendisine söyleneni yapar."

"Ben bundan o kadar emin değilim," diye mırıldandı Chelsea. Deneyimleri ona, yirmi beş yaşın üstündeki insanların başkalarını pek de umursamadığını göstermişti.

Laura içini çekti. "Ama bir şey yapmak zorundayım, buna daha fazla dayanamam. Onları süpermarkette, bütün arkadaşlarımın gözü önünde öpüşürlerken gördüm. Bu da bardağı taşıran son damla oldu. O an ölebilirdim. Düşünebiliyor musun? Onların yaşında bu yapılır mı? Her neyse, size gelip telefon edebilir miyim? Buradan telefon etmem imkânsız. Annem mutlaka duyar."

Chelsea bunun iyi bir fikir olduğuna inanmıyordu; ama Laura'nın kafasına koyduğu şeyi mutlaka yapacağını da biliyordu. Onu vazgeçirmek imkânsızdı. En iyisi, söylediğini kabul etmekti.

"Peki, tamam, ama çabuk olmak zorundasın. Bak ne

diyeceğim, ben arayıp uydurma bir isim vereyim. Böylece sıraya girmiş olursun. Sen de acele et."

"Anlaştık. Teşekkür ederim." Laura yine içini çekti. "Seninki gibi normal bir annemin olmasını ne kadar isterdim."

"Normal kelimesi annemle aynı cümlede kullanılınca tuhaf oluyor," dedi Chelsea. "Beş dakika sonra görüşürüz."

JON ÇOK SIKILIYOR

O cumartesi sabahı, ailesiyle sorunlar yaşayan tek kişi Laura değildi. Billing Hill'de, insanların sırf daha zengin görünmek için evlerine Chatsworth ve Broadlands gibi isimler verdikleri bir semtte, Jon Joseph babasıyla kavga ediyordu. Daha doğrusu Bay Joseph bir şeyler söylemeye çalışıyordu; Jon da walkman'inden yükselen müzik eşliğinde, babasının kımıldayıp duran kalın dudaklarını seyrediyordu.

Hiç kimse, Jon'la babasının uzaktan akraba olduklarına bile inanamazdı. Bay Joseph kırmızı suratlı, oldukça kilolu ve kendini beğenmiş bir adamdı. Jon'un ise ince, düzgün bir fiziği vardı; omzunun biraz üstündeki dalgalı saçları gittiği özel okuldaki kızların çok hoşuna giderdi. Dağ bisikletinin üzerinde geçirdiği hafta sonlarının sonucu olan güneş yanığı bacakları da karşı cins tarafından bu kadar beğenilmesinin nedenlerinden biriydi tabii.

"Ben seninle konuşurken, şu lanet olası şeyleri çıkar kulağından!" diye bağırdı babası Henry, kabloyu onun kulaklarından çekerek. "Söylediklerimin tek kelimesini bile duyduğunu sanmıyorum." Golf çantasını toplarken, kat kat olmuş çenesi sinirden titriyordu.

"Önemli değil ki," diye karşılık verdi Jon. "Aynı şeyleri daha önce dinlemiştim, hem de milyonlarca kez. Şöyle devam ediyor: 'Senin için yaptığımız onca şeyden, onca fedakârlıktan sonra, en azından derslerine biraz daha fazla çalışabilirsin, değil mi? Tanrı sana sapasağlam bir beyin vermiş, kullanmayı denesene.' Tabii şunu da unutmamak gerek: 'Senin elindeki imkânlar bizde olsaydı, sana tanınan fırsatlar bize tanınsaydı!' Nasıl, kaçırdığım bir şey var mı?"

"Bazen çok kaba oluyorsun, Jon," dedi babası. "Biliyorsun, Cambridge'e gitmeyi çok istiyorsun ve..."

"Bir dakika, bir dakika...Ben mi Cambridge'e gitmek istiyorum? Bu annemle senin asırlar önce karar verdiğiniz bir şey değil miydi? Ben Cambridge'e gitmek zorundaydım, çünkü böylece golf kulübünde ve Rotary'de övünebileceğiniz yeni bir şey olacaktı. Haksız mıyım?"

Babası ona baktı. "Bak, Jon..."

O sırada Jon'un annesi, kucağında kocaman bir demet çiçekle mutfağa girdi. Ufak tefek bir kadındı; özellikle iri yarı kocasının yanında durduğunda minicik kalıyordu. İnce elbisesinin içinde, rüzgâr esse uçacak gibi görünüyordu. Ama bu aldatıcı bir görüntüydü. Bayan Joseph, göründüğünden daha güçlü bir kadındı.

"Siz ikiniz, ayağımın altında dolaşmayın lütfen," dedi. "Saat bire kadar üç gelin buketi yetiştirmek zorundayım." Çiçekleri masanın üzerine bırakıp makasa uzandı.

"Ben de oğlana biraz akıllı olması gerektiğini söylüyordum," dedi kocası. "Ona böyle bir beyne sahip olan birinin..."

Aynı sözleri daha önce defalarca dinlemiş olan Bayan Joseph hiçbir şey söylemedi. Çiçeklerin saplarını kesmeye başlamıştı.

"Baba, beni bir kez olsun dinler misin?" diye bağırdı Jon. "Ben senin söylediğin kadar muhteşem bir beyne sahip değilim. Sen öyle olduğunu düşünüyorsun. Kendimi bildim bileli aynı şeyler söyleniyor. 'Jon çok akıllı bir çocuk. Büyüyünce Cambridge'e gideceksin, değil mi Johnnie?' Ben senin düşündüğün gibi bir çocuk değilim. İşte o kadar!"

Yüksek tansiyon sorunu nedeniyle küçük pembe haplar alan ve bu sözler üzerine yüzü daha da kırmızı hale gelen Bay Joseph golf çantasını alıp arka kapıya doğru yürüdü.

"Sana sadece şunu söyleyebilirim. Bana bir bak," dedi dostça. "Bulunduğum yere tırnaklarımla kazıyarak geldim ben. Başlangıçta kimse bana destek olmadı. Ne elde ettiysem, hırsım ve kararlılığım sonucunda elde ettim. Oysa sana her şey gümüş bir tepsi içinde sunuluyor ve sen bunun değerini bilmiyorsun." Sonra karısına döndü. "Ben çıkıyorum. Belki sen oğluna biraz akıl fikir verirsin."

Bayan Joseph gülümsedi. Jon, babasının istediği gibi davranmadığı zaman "onun oğlu" oluyordu nedense. Okul takımında yarım düzine gol attığında ise "babasının oğlu" oluveriyordu.

Arka kapının kapandığını duyup kocasının gittiğini anlayınca oğluna baktı. "Babanı neden delirtiyorsun, Jon? Onun bütün hayatını senin başarına adadığını biliyorsun."

Jon, annesinin yanına bir tabure çekti. "Ama babamla benim başarıdan anladığımız şeyler o kadar farklı ki. Ben hayatımın geri kalanını bir ofiste, kâğıtların arasına gömülmüş bir halde geçirmek istemiyorum."

Bayan Joseph içini çekti. Jon'un üzerine gitmek istemiyordu; kocası bunu yeterince yapıyordu zaten. Üstelik oğlunu anlıyordu da. Ama kocasını tamamen haksız çıkarmak da istemiyordu. "Baban, kendisinin çok isteyip de sahip olamadığı her şeye senin sahip olmanı istiyor," dedi.

"Ama ben babam değilim ki. Ben onun istediği şeyleri istemiyorum. Onun istediği gibi biri olmak istemiyorum. Üniversiteye gitmek istemiyorum. İstemediğim şeyler yapmak zorunda kalacağım bir okula hapsolmak..."

Annesi onun sözünü kesti. "Dur bir dakika. Bir okula hapsolmak mı? Seni Bellborough Court'a göndermek bize kaça mal oluyor, bir fikrin var mı? Baban okul taksitlerini ödemek için ne büyük fedakârlıklara katlanıyor, biliyor musun? Ben o sıkıcı işte çalışmaya bayılıyorum mu sanıyorsun? Sana olabildiğince iyi bir hayat sağlamak için yapıyoruz bütün bunları."

"Siz bunu fark etmeseniz de bu benim hayatım!" diye bağırdı Jon. "Ben on beş buçuk yaşındayım. Okul taksitlerini ödemenizi ben istemedim. İlkokuldan arkadaşlarımla birlikte Lee Hill'e gidebilirdim. Ama babam buna izin vermedi."

"Ah, Jon, Lee Hill'le Bellborough Court'u nasıl kıyaslarsın? Aptal olma! Başka çocuklar özel okula gitmek için can atıyorlar!" Başka anneler de okul taksitleri yüzünden hafta sonları çalışmak zorunda kalmamak için can atıyorlar, diye geçirdi içinden. Ama sonra bu bencilce düşünceyi kafasından attı.

Jon içini çekti. Tartışmanın anlamı yoktu. Bellborough'da birçok arkadaşı vardı, ama hiçbiri yakında oturmuyordu. En yakın arkadaşı Rob, Lee Hill'deydi; Gavin, Ben ve Doug da öyle. Onlar okulda çok başarılıydılar. Aynı zamanda çok da eğleniyorlardı. Ama eğlence Jon'un babasının umurunda bile değildi. Oğlunun o gece dışarı çıkmasına da izin vermeyecekti zaten.

"Bu arada," dedi Jon, "Rob'un babası bizi bu akşam yedi buçukta alıp diskoya götürecek."

Annesi içini çekti. "Bence bu çok güzel olur, ama babanın kabul edeceğini sanmıyorum."

"Zaten o davetli değil ki," dedi Jon. "Benim hayatım çalışmaktan ibaret değil. Ben eğlenmek de istiyorum. Siz benim yaşımdayken biraz olsun eğlenmek istemiyor muydunuz sanki?"

Annesi bir şey söylemedi. Jon'un yaşındayken onun da istediği bir sürü şey olmuştu, ama bunların çoğunu elde edememişti. Bu yüzden Jon'un hiçbir fırsatı kaçırmaması bu kadar önemliydi. Ancak Bayan Joseph aynı zamanda oğlunun mutlu olmasını da istiyordu. Jon son zamanlarda fazlasıyla meşguldü; bir de sanki söylemek istediği bir şeyler varmış da söyleyemiyormuş gibiydi. 'Ben de Henry'yle ilk evlendiğimde böyleydim,' diye düşündü Bayan Joseph.

Jon bu sessizliğin umut verici olduğunu düşündü. "Anne, aslına bakarsan, ben babamdan çok sana benzediğimi düşünüyorum. Demek istediğim, sen renkler ve tasarım konusunda çok iyisin. Benim ne istediğimi anlarsın..."

"Evet, Jon? Ne istiyorsun? Yoksa hayatta hangi yöne gideceğini bilmiyor musun?" 'Tıpkı benim gibi,' diye geçirdi içinden Bayan Joseph. 'Onun sonu benim gibi olmamalı.'

Jon, kulaklığını düştüğü yerden aldı. "Sana ne istediğimi söyleyeyim. Şu an tek istediğim, bu cehennemden bir an önce kurtulmak ve olabildiğince uzağa gitmek. Ben çıkıyorum."

"Jon, nereye gidiyorsun? Jon, geri dön. Ben öyle demek istemedim... Ne istediğini..."

Ama Jon gitmişti bile.

LAURA KAZA GEÇİRİYOR

Laura, Chelsea'yle vedalaşıp telefonu kapattı, daracık koridorda duran vestiyerdeki ceketini kaptı. Koşarak dışarı çıkarken ayağı annesinin şemsiyesine ve telefon kablosuna takıldı. Bu küçük ev bit pazarından farksızdı. Laura, arkadaşlarının onun arkasından bunu konuştuklarını biliyordu. Eski evlerinin kocaman odaları vardı, ne kadar dağıtırsanız dağıtın yer kalıyordu. Oysa burası köpek yuvasından daha büyük değildi; daha güzel de değildi. Sıkıcı bir havası vardı, karizması yoktu; kısacası, yaratıcı bir beyin için hiç uygun bir yer değildi. Annesinin bu evi neden tercih ettiğini bilmiyordu. Ama annesi o günlerde bir sürü saçma sapan, hatta utanç verici şey yapıyordu zaten. Annesi değişmişti ve bu Laura'nın hiç hoşuna gitmiyordu. Üstelik her şey giderek daha da kötüleşiyordu.

Laura annesine benzemiyordu. Annesi sarışındı; Laura'nın saçları ise tıpkı babası gibi kumraldı. (Büyükannesi zaman zaman 'Huyu da babasına çekmiş,' derdi.) Annesi incecikti. Oysa Laura balık eti sayılabilirdi. (Bunun nedeni büyük ölçüde Laura'nın teneffüslerde yenen bisküvi, cips ve çikolataların insana hayat verdiğini düşünmesinden kaynaklanıyordu.) Annesi uyumlu, sakin, aklı başında bir kadındı. Oysa hiç kimse, dürüst olması gerekirse kendisi bile, Laura'nın böyle bir insan olduğunu söyleyemezdi. Annesi kriz anlarında son derece akıllıca davranır, harikalar yaratırdı. Oysa Laura bir bardak suda fırtına koparırdı. En küçük bir provokasyonda galeyana gelirdi. "Virginia Woolf da öyle yapardı," derdi, onun tiratlarından sıkılan arkadaşlarına. Ama arkadaşları hiç de etkilenmiş görünmezlerdi doğrusu.

Babası evden ayrıldıktan sonra, annesi bir iş bulmak zorunda olduğunu söylemişti. Bu fikir Laura'nın hiç hoşuna gitmemişti; oysa bu durumda annesinin onun istediği yeni giysileri almayı ertelemek için bahanesi kalmayacaktı. Laura sadece, insanların onun annesinin para kazanmak için dışarıda çalışmak zorunda kaldığını bilmelerini istemiyordu. Laura ve annesi çok iyi anlaşırlardı, Melvyn'e kadar. Laura, annesinde meydana gelen değişiklik yüzünden Melvyn'i suçluyordu. O günlerde kendisinin nerede durduğunu bilemiyordu. Annesi bir gün melekler gibi iyi oluyordu. Ertesi gün cadıya dönüyor, herkese bağırıp çağırıyor, yatağın altındaki elma çekirdeklerinden telefon konuşmalarına kadar her şeye kızıyordu. Ne zaman nasıl davranacağını kestirmek mümkün olmuyordu. Bu yetmezmiş gibi bir de Melvyn sürekli onlardaydı. Akşam yemeği için, annesinin duvar kâğıtlarını kaplamasına yardım etmek için, çimleri biçmek için onlara geliyor; cana yakın görünmeye çalışarak Laura'ya sırıtıp duruyordu. Laura bu kadarına dayanamıyordu artık.

Büyükannesi, her şeyin zamanla düzeleceğini, Laura'nın bu zor dönemi atlatma konusunda annesine yardım etmesi gerektiğini söylemişti. Laura anlayışlı davranmaya çalışıyordu; ama bazen içinden bağırmak geliyordu. "Peki benim hayatım ne olacak? Babamı Betsy denen o kadının kollarına atan ben miyim? O güzelim evden çıkıp bu izbe yere taşınmayı ben mi istedim? Orada kendime ait bir banyom vardı; çıkıp dolaşabileceğim, romanımı yazabileceğim kocaman bir bahçe vardı. Buradaki bahçe pul kadar. Sosyal ve entelektüel gelişimimin en kritik döneminde hayatım mahvoldu. Asıl benim ilgi ve anlayışa ihtiyacım var!"

Laura bisikletini yıkık dökük garajdan çıkardı, annesine bağırarak Chelsea'lere gittiğini haber verdi ve son hızla pedal çevirmeye başladı. Chelsea'ler oldukça şık bir yerde oturuyorlardı; evlerin önünde Mercedes'ler göze çarpıyordu. Chelsea'nin ailesi oldukça zengindi. Chelsea öyle olmadığını söylüyordu; ama Laura onların zengin olduğundan emindi. Çünkü Chelsea'nin annesi gazeteciydi, radyoda program yapıyordu, mağaza zincirlerinden değil butiklerden giyiniyordu ve her zaman gülümsüyordu. Chelsea'ler her cumartesi akşamı dışarı çıkabiliyorlar, birçok şeyi hiç düşünmeden satın alabiliyorlardı. 'Chelsea'nin hiçbir eksiği yok,' diye düşünerek içini çekti Laura. 'Fizikte ve kimyada bile en yüksek notları o alıyor.'

'Hem Chelsea'nin annesinin ona hiç bağırmadığına da bahse girerim.' Laura bunları düşünürken trafik ışığının değişmesini bekliyordu. 'Çünkü böyle bir şeyin çocuklara ne kadar zarar verdiğinin farkında. Üstelik o babam gibi birinin yerine Melvyn gibi sıkıcı bir yaratıkla birlikte olmayacak kadar akılldır.'

Laura'nın Chelsea'yi kıskanmasına neden olan bir başka konu daha vardı. Chelsea'nin babası hâlâ evde, onlarla birlikte yaşıyordu.

Laura'nın babası evden taşındığında herkes çok şaşırmıştı. "Biz onu sıkı delikanlı sanırdık," demişti Laura'nın dayısı. Teyzesi, "Çok tuhaf gerçekten," diye mırıldanmıştı. Bitişik evde oturan Bayan Brambill ise "Oysa ne kadar da iyi bir muhasebeciydi!" diyerek burnunu çekmişti; sanki gelirle giderlerle arasındaki farkın nereden kaynaklandığını anlama yeteneği bir evliliği sonsuza dek sürdürmeye yetermiş gibi.

Babası, Betsy ile birlikte yaşamaya başlamıştı. 'Belki de annem tarafından reddedilmiş olmanın verdiği acının üstesinden gelmeye çalışıyordur,' diye düşünüyordu Laura. 'Yoksa Betsy'yi annemden çok sevmesi imkânsız.' Betsy'nin simsiyah saçları ve kocaman bir burnu vardı. Minicik etekler, dantel yakalı bluzlar giyerdi. Bir de yol kenarından tuhaf yabani otlar toplar, bunları şaraba karıştırır, garip karışımlar yapardı. Laura, Betsy'nin bu karışımlarla babasını öldürüp onun parasına (annesinin görmek bile istemediği parasına) konmayı planladığını bile düşünüyordu. Bir keresinde anneannesine, Betsy'den şüphelendiğini, polise gitmelerinin belki de daha iyi olacağını söylemişti. Büyükannesi de Laura'nın son zamanlarda fazla polisiye kitap okuduğunu söyleyerek bu fikre karşı çıkmıştı.

Laura annesinin babası konusunda neden böylesine korkunç davrandığını anlayamıyordu. Bu konuda daha önceki gün tartışmışlardı. Laura'nın her cuma akşamı onlara yemeğe gelen anneannesi, "Peter çeki gönderdi mi" diye sormuştu. Laura'nın annesi, "Sen ne düşünüyorsun?"

diye karşılık vermişti. "O adam mecbur kalmadıkça bir kuruşundan bile ayrılamaz!" Bunun üzerine, regl dönemi yaklaştığı ve biyolojiden zayıf not aldığı için çok gergin olan, ayrıca babasını çok seven ve şimdi yanlarında olmadığı için ondan nefret eden Laura, gözyaşlarına boğularak bağırmaya başlamıştı. "Sen babama karşı çok kabasın! Hep de öyleydin! Bu yüzden seni terk etti. Zaten kim seninle yaşamak ister ki! Senden nefret ediyorum. Keşke ben de başımı alıp bu iğrenç yerden gidebilsem!" Sonra da sandalyesini itip odadan dışarı fırlamıştı.

Kendini yatağına atıp avazı çıktığı kadar ağlamaya başlamıştı. Sesini annesine duyurmaya çalışıyordu; böylece annesi kendini suçlu hissedecek, yanına gelip özür dileyecek, bunun kendi hatası olduğunu, babasından Betsy'yi terk edip yeniden onlarla birlikte yaşamaya başlamasını isteyeceğini söyleyecekti. Ondan sonra her şey çok güzel olacaktı. Eski evlerine taşınacaklardı ve her şey normale dönecekti. Ancak yirmi dakika boyunca ağladıktan, acıklı sesler çıkardıktan ve kendini yataktan yere attıktan (canı tahmin ettiğinden daha fazla yanmıştı) sonra, annesinin bunların farkında bile olmadığını anlamıştı.

'İşte sorun da bu,' diye düşündü hızla pedal çevirmeye devam ederken. Annesi artık onun duygu ve düşüncelerinin farkında değildi. Aslında artık hiçbir şeyin farkında değildi. Pancurların boyaları dökülmüştü; Melvyn patates suratlı, mizah duygusundan yoksun herifin tekiydi; ama o bunları görmüyordu. Ya da belki umursamıyordu. Artık harekete geçmenin zamanı gelmişti.

Laura düşüncelerine öylesine dalmıştı ki, yola çıkan kırmızı dağ bisikletini fark etmedi; yani ön tekerlekleri birbirine geçene kadar tabii. Korkunç bir gürültü olmuştu. Laura birden kendini dönen tekerleklere ve muhteşem kıvırcık saçları, harika bacakları olan bir oğlana bakarken buldu.

Çocuğun canı çok sıkılmıştı. “Sen deli misin?” diye bağırdı, walkman’inin Laura’nın bisikletinin selesine dolanan kordonunu çözmeye çalışırken. Sonra ayağa fırladı. Laura ise oturduğu yerden kalkmıyor, hâlâ çocuğa bakıyordu.

JON NEYE UĞRADIĞINI ŞAŞIRIYOR

Bir bu eksikti sanki! Gerçekleşmesine izin verilmeyen hedeflerden ve babasıyla arasında geçen can sıkıcı yeni bir tartışmadan sonra, bir de sevgili bisikleti çocukça bir kazaya kurban gitmişti.

Jon ayağa kalkıp bisikletini yerden kaldırdı. Tekerleğin üstü biraz çizilmişti, arka tarafta da bir iki küçük çizik vardı, ama neyse ki hiçbir yeri kırılmamıştı. Ancak Jon'un okul dergisinin kapağı için hazırladığı ve bisikletin arkasındaki kutuda sakladığı eskizlerin hepsi yola yayılmıştı. Belki de hepsi mahvolmuştu. Sakar şey ne olacak! Başına iş açmıştı işte.

Bisikletli kız ayağa kalkmaya çalışırken, Jon da yerdeki kâğıtları topluyordu. O anda kızın ellerinin yaralandığını ve yanağının kanadığını fark etti. Bu sırada kız da özür diler gibi ona bakıyordu.

"Sen hiç önüne bakmaz mısın?" diye bağırdı Jon. Çizimlerinin üzerindeki çamuru temizlemeye çalışırken, birden kendini kötü hissetmişti. Soğukkanlı görünmeye çalışıyordu; ama dirseği felaket acımaya başlamıştı.

"Ben mi? Ben mi?" diye bağırdı kız da, yeşil gözleri pırıl pırıl parlıyordu. "Hatırlarsan, ben sağ tarafta kendi yolumda gidiyordum. Sen deli gibi yoluma çıktın. Bu yüzden sakın beni suçlamaya kalkma, anladın mı, salak şey!"

Jon kıza baktı. Onun gözyaşlarına boğulacağını ve bisikleti için çok üzgün olduğunu söyleyeceğini düşünmüştü. Güçlü bir kızdı, hakkını yememek gerekti. Onu böyle ateşli gösteren şey saçları olmalıydı. Aslına bakılırsa, yüzü de oldukça ilginçti. Jon, insanların ifadelerinden, mimiklerinden, tepkilerinden etkilenirdi. Ama o sırada bütün evrenden ve evrendeki herkesten nefret ediyordu. Bu kız da bardağı taşıran son damla olmuştu.

"Senin tek başına yola çıkmana izin vermelerine çok şaşırdım. Ben olsam, bırak bisikleti, bebek arabası kullanmana bile izin vermem!" diye bağırdı. "Beyinsiz çocuk!" diye eklemeyi de unutmadı.

"Madem konumuz beyin, söyleyeyim bari. Bu konuda özürlü olan esas sensin!"dedi Laura. "Şunları görüyor musun? Bunlara fren derler. Bunlara bastığında bisiklet yavaşlar." Dili anlamakta zorluk çeken bir yabancıyla konuşur gibi tane tane konuşuyordu. "İnsanlar genellikle yola yaklaşırken yavaşlarlar. Bir de insanlar genellikle önlerine bakarlar. Aklı başında olan ve egoist olmayan insanlardan söz ediyorum tabii." (Egoist sözcüğünü geçen hafta keşfetmiş ve bu sözcükten çok hoşlanmıştı. Romanında da bu sözcüğü kullanmayı düşünüyordu.) Alaycı bir bakış fırlatıp arkasına döndü.

Jon birden gülümsedi. "Tamam, tamam, haklısın. Ben

hatalıydım, yola yanlış girdim. Ama o anda bırak doğru dürüst bisiklet kullanmayı, doğru dürüst düşünemiyordum bile. Bilirsin, ailevi problemler."

"Demek aynı durumdayız," diye mırıldandı Laura.

Jon, onun ellerine baktı. "İyi olduğuna emin misin?"

Ah, Tanrım, kibar davranmaya başlamıştı. Onun gülümsemesi, Laura'ya diz kapağı çevresindeki acıyı unutturmuştu bile.

"Evet, iyiyim. Şey, ben, özür dilerim..."

"Boş ver, unut gitsin. Bu arada, ben Jon."

"Ben de Laura. Bunlar nedir?" Laura, Jon'un elindeki kâğıtları işaret etti.

"Ah, hiçbir şey, müsvedde... Ev ödevi müsveddeleri," diye kekeledi Jon.

'Keşke bana böyle bakmasa,' diye geçirdi içinden. Birden kendini tuhaf hissetti; yüzünün kızardığını biliyordu. Laura'nın, yanağında oluşan beyaz lekeciklere baktığına emindi. "Şey, gitmeliyim... Yapmam gereken işler, görmem gereken insanlar var." Kâğıtları yeniden çantasına soktu, ama bu kez bağlamayı unutmadı.

Laura da bisikletini yerden aldı. Hâlâ Jon'a bakıyor ve bir şey söylemiyordu.

"Görüşürüz," dedi Jon ve bisikletine atlayıp tepeden aşağı inerek gözden kayboldu. Laura ise kımıldamıyordu bile.

'Galiba,' diye düşündü, yanağındaki acıyı hiç umursamayarak, 'galiba ben âşık oldum!'

AH ŞU TELEFON

Radyoda işer yolundaydı.

"Evet, hâlâ annesi tarafından el örgüsü kazaklar giymeye zorlanan Russell'la görüştük. Hatırlayacağınız gibi, Trish erkek arkadaşını ablasına kaptırmıştı. Melanie'nin annesi de bayılma numarası yaparak kuyruklarda öne geçmeye çalışıyordu. Biliyorsunuz, içinizden biri Ginny Gee ile çok özel bir yolculuk yapma hakkını kazanacak. Bakalım bu büyük ödül kimin olacak?"

'Gerçekten de büyük ödül,' diye düşündü Chelsea, numarayı çevirirken.

"Evet, bizi aramaya devam edin. Şimdi kısa bir ara verip haberler ve hava durumuna bağlanacağız. Ama hemen sonra biz yine burada olacağız! Tabii siz de!

Dean arkasına yaslanıp Ginny'ye sırıttı. "Eee, Ginny,

aradan sonra kime bağlanmamızı istersin?" Arayanların isimlerinin bulunduğu bilgisayar ekranına baktılar.

"Little Brafield'den Samantha aramış. Kardeşi, şişman olduğu için onunla sürekli alay ediyormuş. On üç yaşındaki Kirsten peltekliğinden utanıyormuş. Sumitha'nın ailesi ise..."

"Ah, hayır, Dean, onu en arkaya at ve sürenin bittiğini söyle. Kızımın okulunda Sumitha adında bir kız var. Ailesini de tanıyorum. Bu kız o kızsa –ki Leehampton'da çok fazla Sumitha olduğunu sanmıyorum- tatsız şeyler olabilir," diyerek içini çekti Ginny.

"Tamam. Bir de on dört yaşındaki Becky var. Annesiyle babası ayrıldıkları için sorun yaşıyormuş. Hepsi bu kadar. Nasıl?"

"Bence gayet iyi," dedi Ginny, küçük aynasına bakıp saçını kabartırken.

"Haberler bitmek üzere, Gin. Kısa bir müzik var, sonra yayındasın. Anlaştık mı?"

"Tabii, Dean. Bugün tamamen sana aitim."

'Ah, Tanrım, iyi ki değilsin,' diye düşündü Dean, müziğin sesini açarken.

HATTIN ÖBÜR UCUNDA

"Nerede kaldın? Başına bir şey mi geldi?" Chelsea, Laura'nın içeri girmesi için geri çekildi. "Ama, Laura! Sen yaralanmışsın! Ne oldu?"

"Sonra anlatırım. Sen radyoya telefon ettin mi?"

"Evet, ama senin sıranı kaçıracağından korktum. Sen telefonu açan kadına telefon numaranı veriyorsun, sonra o seni arıyor. Ben de senmişim gibi yaptım. Biraz önce aradı. Şu anda sırada bekliyoruz. Çabuk ol!"

"Fazla ileri gidip asıl adımı söylemedin, değil mi?"

"Tabii ki hayır, aptal! Senin adın artık Becky. Bunun işe yaramayacağına bahse girerim. Annem çılgın olabilir, ama aptal değildir. Seni tanıyacaktır."

"Sana daha kaç kere söyleyeceğim?" diye sızlandı Laura. "O çok anlayışlı bir insan. Benim hayatımın ne hale geldiğini görecek ve annemi mutlaka ikna edecektir. Ondan sonra de her şey eskisi gibi olacak."

"Peki, öyle diyorsan öyledir. Neyse, şimdi şunu al." Chelsea, ahizeyi Laura'ya uzattı. "Onlar adını anons edene kadar beklemek zorundasın."

"Çok heyecanlıyım," dedi Laura.

Chelsea, "Melvyn'i düşün," diyerek öneride bulundu. Laura yüzünü ekşitip kusar gibi sesler çıkardı.

"Becky, orada mısın?"

"Evet, benim," diye fısıldadı Laura, kolunu Chelsea'ye doğru sallayarak.

"Becky, ben radyodan arıyorum ve şimdi seni Ginny'ye bağlıyorum."

"Selam, Becky. Şimdi anlat bakalım, nasıl bir sorunun var?" Ginny'nin neşeli sesi telefonda çınlıyordu.

"Şey, aslında, benim sorunum annem. Annem babamdan ayrıldı ve başka bir adamla birlikte olmaya başladı. Bu yeni adam çok kaba saba, hatta iğrenç biri, gerçekten. Ama annem bunu göremiyor."

Laura derin bir soluk aldı.

"Sorun şu. Annem çok tuhaf şeyler yapıyor ve beni çok utandırıyor. Demek istediğim, herkesin önünde öpüşüyorlar ve sarmaş dolaş geziyorlar. Mağazaların önünde, barlarda, her yerde... Kendisine, onun yaşındaki birinin böyle şeyler yapmaması gerektiğini, hem kendini hem de beni gülünç duruma düşürdüğünü söylüyorum. Ama ya gülüp geçiyor ya da bana bağırıyor. Onu hiç anlamadığımı, sadece biraz olsun eğlenmeye çalıştığını söylüyor."

"Pekâlâ, sorunun temeli bu mu, Becky?" dedi Ginny, anlayışlı bir sesle konuşmaya çalışarak. *"Onun eğlenmesine mi kızıyorsun?"*

"Hayır, tabii ki hayır. Ama bence gülünç duruma düşüyor, kendini rezil ediyor. Bir sürü bayan arkadaşı var. Kendini yalnız hissediyorsa, onlarla buluşup sinemaya gidebilir, tenis oynayabilir, ya da ne bileyim başka şeyler yapabilir." Laura yutkundu. *"Hem bence bütün vaktini o*

hanzoyla geçirmek yerine, babamın yeniden eve dönmesini sağlamaya çalışsa çok daha iyi eder."

"Hanzo mu?" Ginny bu sözü daha önce Laura'dan duymuştu. Laura.. Ah, hayır... Ginny genzini temizleyip Dean'e şöyle bir baktı. Dean ona bakmıyordu. *"Şey, Lau, yani Becky,"* diye söze başladı. *"Biliyorsun, annen oldukça zor bir dönem geçiriyor. Dostluğa, şefkate, hatta aşka ihtiyacı var. Hem insanlar ölüme kadar birlikte olmak zorunda değiller."* Ginny, oldukça ikna edici konuştuğunu umarak güldü.

Laura öylesine üzgündü ki her an ağlamaya başlayabilirdi. *"Ama o babamla birlikte olmalı, o adamla değil!"*

Ginny, elini kolunu sallayarak, camın ardındaki yapım asistanına bir şeyler anlatmaya çalışıyordu. "Bağlantıyı kesmeye çalışın!" diye fısıldadı. Ama asistan telefonlara cevap vermekle öylesine meşguldü ki onu fark etmedi bile.

"Şey, Lau... yani Becky. Demek ki annenle babanın arasında önemli fikir ayrılıkları varmış ve sadece kendileri için en iyi olanı yapmaya çalışmışlar. Annenin senin anlayışına ihtiyacı var. Yani demek istediğim, senin de annenin onaylamadığı arkadaşların vardır mutlaka. Annenin de senin onaylamadığın bir arkadaşı olmuş işte. Belki oturup düşünürsün ve..."

"...duygularınla düşüncelerini sakin ve mantıklı bir şekilde ölçüp biçer, sonunda da onların en uygun birleşimini bulursun," diye fısıldadı Chelsea, Laura'ya.

"...duygularınla düşüncelerini sakin ve mantıklı bir şekilde ölçüp biçer, sonunda da onların en uygun birleşimini bulursun," dedi Ginny. *"Umarım sana yardımcı olabilmişimdir, tatlım."*

Dean'in dizine bir dolmakalem batırarak, ellerini sallamaya başladı. *"Ah, evet, teşekkürler Ginny Gee. Ve bugünlük de bu kadar..."* Dean programın kapanış konuşmasını yapıp müzik çalmaya başladı.

"Bir sorun mu var?" diye sordu Ginny'ye dönerek.

"Öyle sayılır. Arayan, bir arkadaşımın kızıydı. Kendini başka biriymiş gibi tanıttı." Kahveden başka her şeye benzeyen içeceğinden bir yudum aldı. "Küçükhanıma bak... Bu yaştaki çocuklar her şeyi bildiklerini, her şeyi çözebileceklerini sanıyorlar."

İçini çekti. "Zavallı arkadaşım Ruth Turnbull... Süpermarketin önünde öpüşürken yakalanmış."

"Efendim?" dedi Dean, şaşırmış görünüyordu.

"Hiç..." dedi Ginny. "Ben biraz keyif yapmaya eve gidiyorum. Haftaya görüşürüz."

"Bunun bir işe yaradığını sanmıyorum," dedi Laura, üzgün bir sesle. "Yani, biliyorum, o senin annen, her şeyin, ama bu işin ciddiyetini pek anlayamadı."

"Takma kafana. Hem bence o senin sesini tanıdı."

"Ne güzel! Peki sence annemle konuşur mu?" diye sordu Laura umutla.

"Eminim konuşacaktır." Chelsea, bu konuşmanın Laura'nın beklediği şekilde geçmeyeceğini biliyordu. "Her neyse," dedi konuyu değiştirmeye çalışarak. "Bana nasıl böyle yara bere içinde kaldığını anlatacak mısın, anlatmayacak mısın?"

Laura, çamur lekeleri içinde kalmış kot pantolonuna, yara bere içindeki ellerine şaşkınlıkla baktı. "Şey, ben bisikletten düştüm."

“Şansa bak,” dedi Chelsea.

“Harikaydı!” Laura muzır muzır gülüyordu.

“Anlamadım?” dedi Chelsea.

“Çocuk bir hari...”

“Kim?” Chelsea, Laura’nın beyninin de elleri gibi hasar gördüğünü düşünmeye başlamıştı.

“Jon.”

“Laura! Her şeyi en başından anlatır mısın, lütfen?”

Laura Chelsea’ye Jon’la nasıl çarpıştıklarını, Jon’un gözlerinin ne kadar güzel, sesinin ne kadar etkileyici, bacaklarının ne kadar muhteşem olduğunu, hayatında hiç o kadar yakışıklı bir erkek görmediğini anlattı durdu. Öyle uzun anlattı ki, Chelsea sonunda ‘Keşke sormasaydım!’ diye düşünmeye başladı.

JON BİR KARAR VERİYOR

Jon, Laura'yı yolun kenarında bırakıp bisikletine atlamıştı, ama nereye gittiğine dair en ufak bir fikri yoktu. Sadece uzaklara gitmek, ev ödevlerinden ve babasının bitmek bilmeyen baskısından olabildiğince uzaklaşmak istiyordu.

Kanala doğru pedal çevirdi, bisikletinden inip bir ağacın altına oturdu. Tanrım, tek çocuk olmaktan nasıl da nefret ediyordu! Babasının bütün umutları, korkuları ve hırsları onun üzerinde yoğunlaşmıştı. Her zaman da öyle olmuştu; babasının düşlerini gerçekleştirmek Jon'a düşmüştü hep. Kendini bildi bileli, anne babası tarafından sınıfta çarpım tablosunu ilk ezberleyen, okumayı ilk söken, en hızlı koşan çocuk olmaya zorlanmıştı. Neden onu kendi haline bırakmıyorlardı sanki?

Jon, Bay Joseph'in üniversiteye gitmeyi çok istediğini, ama babasını erken yaşta kaybedip çalışmak zorunda kaldığı için gidemediğini biliyordu. Bay Joseph için üniversite en yüksek mevkiydi; bütün dünyaya "adam" olduğunu kanıtlamanın tek yoluydu. Jon, üniversiteye gitmemesi halinde babasının ne kadar büyük bir hayal kırıklığı yaşayacağını biliyordu; ama buna alışmak zorundaydı.

Zaman zaman annesinin gizliden gizliye onun tarafını tuttuğunu hissediyordu. Ama annesi gerçek fikirlerini ortaya koymak yerine, ona babasını mutlu etmek için elinden geleni yapması gerektiğini söylüyordu. Annesi sanata yatkın biriydi; tekdüze işinin onu çok sıktığından yakınıyordu. Düğünler için özel buketler ve taçlar hazırlıyor, bazı kulüplerde hanımlara çiçek düzenleme dersleri veriyordu; ama yaptığı iş ona hiçbir şekilde heyecan vermiyordu. Jon bu duruma düşmek, hiçbir keyfi, hiçbir heyecanı olmayan işler yapmak istemiyordu. Babası her gün düzenli olarak ofise gidiyor ve insanlara evler satıyordu; ama hiç mutlu görünmüyordu. Jon, annesiyle babasının farklı bir şey yapmayı, arkalarında bir iz bırakmayı hayal bile etmediklerine dair bahse girebilirdi. O halde onların kendisini anlamalarını nasıl bekleyebilirdi ki? Onların dünyası bomboş ve tatsızdı. Durumları umutsuzdu.

Ama Jon bir şeyden çok emindi. Onlara gerçekte ne istediğini söyleyecekti. Bellborough Court'ta kalmak istemiyordu. Lee Hill'e gitmek istiyordu; çünkü orada ilgi duyduğu şeyi yapabileceğini biliyordu.

Onlara hemen o gece söyleyecekti; ama diskodan döndükten sonra elbette.

Jon kanalda oturmuş, planlar yaparken, annesi buketleri teslim etmeye hazırlanıyordu. Dürüst olmak gerekirse, bu işten çok sıkılmıştı. Hanımlara hangi çiçeği nereye yerleştirmelerinin daha iyi olacağını öğretmeye çalışmaktan bile bıkmıştı artık. Ancak işini bırakamazdı; çünkü kocası bunu açık açık söylemekten nefret etse de paraya ihtiyaçları vardı. Son zamanlarda evler eskisi gibi satılmıyordu; Henry'nin aldığı komisyonlar gözle görülür şekilde azalmıştı. Amcalarının onlara bıraktığı para bitmek üzereydi. Oysa Jon'un özel okulda en az üç yılı daha vardı. Bu yüzden kendisi işe devam etmek zorundaydı. Aslında en çok yapmak istediği şey... ama hayır, bunu düşünmenin bir anlamı yoktu. Henry'ye ve Jon'a karşı sorumlulukları vardı; işte o kadar. Esnedi. Kırk dört yaşındaydı artık, kendini yorgun hissediyordu.

HOT FM'DE SÜRPRİZ

Laura'nın babası, Sonia ve Daryl'i yüzme dersine götürüyordu. Laura'nın da onlara katılmasını çok isterdi. İyi haberleri vardı ve bunları Laura'yla da paylaşmak istiyordu. Öylesine keyifliydi ki, Laura'nın istediği radyo kanalını açmasına bile izin verebilirdi. Normalde Peter, araba kullanırken Mozart veya Berlioz dinlemekten hoşlanırdı. Kötü bir günündeyse Mahler'i tercih edebilirdi. Ama o gün anlayışlı olmaya karar vermişti. O sabah, Preston Abbott'taki eve alıcı çıktığını öğrenmişti. Üstelik bu alıcı parayı peşin ödemeyi de kabul etmişti. Peter böylece Ruth-'a hissesini verebilecek, daha da önemlisi, Betsy ve kendisi için de yeni ve yeterince büyük bir ev alabilecekti. Bu yeni evde Laura'nın da kendisine ait bir odası olacaktı; o zaman Laura onlara daha sık gelebilirdi.

Bay Turnbull kızını deliler gibi özlüyordu. Onun tatlı çilli yüzünü, en küçük bir sorunu gerçek bir dram haline getirmesini özlüyordu. Öfke nöbetlerini bile özlemişti. Hemen hemen her hafta sonu görüşüyorlardı aslında, ama bu sürekli beraber olmaya benzemiyordu. Yine de Laura annesiyle babasının boşanmasının etkisini kolay atlatmışa benziyordu.

"Kendisine, onun yaşındaki birinin böyle şeyler yapmaması gerektiğini söyledim." Peter kulak kabarttı. Bu ses ona tanıdık gelmişti.

Radyonun sesini açtı.

"Midem bulanıyor," dedi, arka koltukta oturan Daryl.

"Hayır, bulanmıyor." Peter, Daryl'in yüzme dersinden kurtulmak için her yola başvuracağını biliyordu.

"Bulanıyor!"

"Sesini keser misin?" diye bağırdı Peter; tıpkı kızı gibi, onun da fazla sabrı yoktu. "Radyoyu dinliyorum."

Sonia söze karıştı. "Ama sen Hot FM'i sevmediğini söylemiştin. Bir sürü saçmalıktan başka bir şey yoktu hani? Hem kardeşime bağırma!" Kendisinin Daryl'e bağırma izni vardı ve bu yabancının ipleri ele geçirmesine izin veremezdi.

"Hem bence bütün vaktini o hanzoyla geçirmek yerine, babamın yeniden eve dönmesini sağlamaya çalışsa çok daha iyi eder."

Hanzo mu? Bu, Laura'nın son zamanlarda çok sık kullandığı bir sözcüktü. Evet, bu ses Laura'nın sesiydi!

Programı yapan kişi ise Ginny Gee'ydi. Ruth'un arkadaşı Ginny. Bir zamanlar ikisinin de arkadaşıydı. Neler oluyordu? Laura radyoda annesi hakkında konuşuyordu. Daha doğrusu her ikisi hakkında. Evet, bu Laura'ydı, emindi bundan. Arayan kişinin ismini söylerken, Ginny'nin sesinde tereddüt vardı. Demek Ginny de biliyordu. Peter radyonun sesini biraz daha açtı. Neler olup bittiğini öğrenmek istiyordu.

Ama öğrenemedi. Tam bir kavşaktan dönerlerken, Daryl midesinin bulandığını kesin bir şekilde kanıtlamıştı çünkü.

ÖFKE NÖBETLERİ

“Ben geldim!” Laura ceketini fırlatıp mutfağa gitti.

“Beni çok şaşırttın.” Annesi hiç mutlu görünmüyordu. Gözleri kıpkırmzıydı. Laura yutkundu.

“Ne demek istiyorsun?” Dolabı açıp bir paket cips aldı. Ne zaman bir kriz kokusu alsa, yiyeceklere sığınırdı.

“Dur bakayım, nasıldı? Annem beni çok utandırıyor! Öyle mi demiştin? Ha bir de şu var: ‘Onun yaşındaki biri böyle davranmamalı.’ Yanılıyorsam düzelt lütfen.”

Laura’nın boğazına bir şey düğümlenmişti. Annesi cumartesi sabahları hiç radyo dinlemezdi. Ya bahçeyle ilgilenir ya da alışverişe giderdi. Laura kendini çok kötü hissetti. Niyeti annesini üzmek değildi, sadece hayatlarını düzene sokmak istemişti.

“Şey, ben, senin Leehampton radyosunu dinleyeceğini düşünmemiştim.”

“Hayır, Laura. Sen hiçbir şeyi düşünmedin.”

“Üzgünüm, gerçekten. Dinlediğini bilseydim...”

“Bu konuda konuşmak istemiyorum. Sadece şunu söyleyeyim, cezalısın. Bu akşam diskoya gitmiyorsun! Duydun mu gitmiyorsun, işte o kadar!" Bayan Turnbull sözlerini vurgulamak istercesine kapıyı çarptı.

"Ama neden? Neden diyorum? Herkes gidiyor!"

"Düzeltiyorum; sen hariç herkes gidiyor!"

"Ama Sumitha bu gece bizde kalacak. Benim gecemi mahvetsen de onunkini mahvedemezsin!" Laura çok öfkelenmişti. Ceza alacağını biliyordu; ama arkadaşlarının bunu duymasını istemiyordu.

"Henüz Banerji'lere telefon edip Sumitha'nın diskoya gitmesine izin verip vermediklerini sormadım. Artık buna zahmet etmeyeceğim. Sen gitmiyorsun. Bunun nedenini Sumitha'ya kendin açıklarsın."

Laura elindeki cips paketini fırlattı. "Ama gitmek zorundayım! Arkadaşlarımla sözleşmiştik." Gözleri dolmuştu.

"Olmaz." Annesi arkasını döndü.

Laura gerçekten çok üzgündü. Annesi normalde son derece mantıklı bir insandı; ama bu olanlar onu çılgına çevirmiş olmalıydı. Laura aslında onun haksız olduğunu bildiğinden ve bütün bir hafta sonu tam bir felakete dönüşmek zorunda olduğundan, kendini kaybetti.

"Tanrım, senden nefret ediyorum!" diye haykırdı. "Davranışlarınla beni rezil ediyorsun! O iğrenç adamla birlikte oluyorsun! Beni bu küçücük kümese taşınmaya zorluyorsun! Telefonu kullanmama bile izin vermiyorsun! Bunlar yetmezmiş gibi, bir de bütün eğlencemi mahvetmeye çalışıyorsun! Şimdi de beni Sumitha'nın gözünde küçük düşüreceksin! Sumitha belki de benimle bir daha hiç konuşmayacak. Ama senin umurunda mı sanki? Bir tane bile arkadaşım kalmasa yine umurunda olmaz senin!"

JEMMA MEKTUP YAZIYOR

Laura hiç kimsenin kendisini sevmediğini düşünüp üzülür ve kendini suçlu hissederken, Ginny trafik ışıklarında arkadaşının kızının oyununa geldiği için kendi kendi kendine kızarken, Laura'nın annesi bir yandan akan rimelini silmeye çalışıp bir yandan da insanların neden çocuk sahibi olduklarını merak ederken, Jemma yatağının üzerinde bağdaş kurmuş, büyükannesine mektup yazıyordu.

Sevgili Büyükanne,

Gönderdiğin para için çok çok teşekkür ederim. Uzun süredir, Togs'n Clogs'ta görüp beğendiğim kıyafeti alabilmek için para biriktiriyordum. Sayende bugün alabileceğim! Üzerime giyecek doğru dürüst bir şeyim kalmadı. Kendi giyimine bile hiç özen göstermeyen anneme kalsa, ortalıkta Mothercare'in vitrininden fırlamış gibi dolaşacağım!

Hem zaten güzel kıyafetlerim olsa bile nereye gidece-

ğim ki? Henüz doğru dürüst bir arkadaş bulamadım. Ancak Laura adında bir kız bu gece için beni diskoya davet etti. Bizim sınıftaki herkes her ayın ilk cumartesi gecesi o diskoya gidiyormuş, çünkü on sekiz yaşından küçükler için özel bir gece düzenliyorlarmış. Ama annem gidemeyeceğimi, çünkü oraya ne tip insanların geldiğini bilmediğini söylüyor. Bu büyük bir haksızlık. Başka hiç kimsenin annesi bu kadar sorun çıkarmıyor!"

Sen annemi yumuşatamaz mısın? Ben, annem gençken senin onun bir sürü şeyi yapmasına izin verdiğinden eminim. Senin gibi bisikletle Yunanistan'a kadar giden birinden başka türlü bir davranış beklenebilir mi zaten? Neden annem sana hiç çekmemiş? Biyoloji öğretmenimiz, insanın genlerinin anne babadan geçtiğini söyledi. Neden senin genlerin anneme geçmemiş? Onu kargalar mı getirdi? (Şaka yapıyorum!)

Ne olur bir an önce bize kalmaya gel. Biriyle, söze nasıl başlamam gerektiğini düşünmeden sohbet etmeyi çok özledim.

Bana yazarsın, değil mi?

Seni çok çok çok öpüyorum,

Jemma

Jemma mektubu katlayıp zarfa soktu. Bunun işe yaramasını umuyordu; çünkü en kısa sürede bir şeyler değişmezse çok daha farklı yollara başvuracaktı.

ANNELER ANLAŞIYOR

"Neden insanın canı kimseyle konuşmak istemediğinde telefon susmak bilmez sanki?" diye söylendi Laura'nın annesi.

"Leehampton 411266. Ben Ruth Turnbull."

"Ah, Ruth, ben Claire Farrant. Geçen hafta okulun önünde karşılaşmıştık. Ben Jemma'nın annesiyim, hatırladın mı?"

Evet, Bayan Turnbull hatırlıyordu. Bayan Farrant oldukça geveze bir kadındı. Yüzme dersleri, okul servisi ve daha bir sürü şey hakkında sorular sorup durmuştu. İyi de ne istiyordu acaba?

"Umarım seni rahatsız etmemişimdir. Bir sorunum var da," dedi Bayan Farrant.

"Tabii, bir yardımım olursa," diye karşılık verdi Bayan Turnbull nazik bir sesle.

"Sorun Jemma. Bu gece diskoya gitmek istiyor."

"Diskoya mı?"

"Evet. Kendisini kızın Laura'nın davet ettiğini söyledi. Laura çok tatlı bir kız. Jemma'nın yalnızlık çektiğini görmüş olmalı. Kızım henüz pek fazla kimse tanımıyor da. Ama dürüst olmak gerekirse, ben biraz tereddüt ettim. Biliyorsun, buraya taşınalı sadece birkaç hafta oldu. Henüz hiçbir yeri bilmiyorum. Bu yüzden hayır dedim. Kızımın iyiliğini düşündüğüm, onun güvende olmasını istediğim için. Ama büyük bir kriz yaşadık; ağlamalar, kapı çarpmalar... Jemma, Laura'nın o diskoya sürekli gittiğini söyledi. Bu doğru mu?"

Ruth tereddüt etti. "Şey, evet, ara sıra gidiyor..."

"Benim merak ettiğim, orası nasıl bir yer?" diye devam etti Claire. "Bu yaştaki bir kız kendine yeterince dikkat edemez, değil mi ama?"

Ruth, Bayan Farrant'ın sabah yataktan kalktığı andan itibaren böyle her şey için endişelenip endişelenmediğini merak etti.

"Şey, insanın kulaklarını patlatan davulları saymazsanız, diğer diskolardan hiçbir farkı yok."

Claire içini çekti. "Peki oraya nasıl gençler gidiyor? Yani, Jemma daha çok küçük ve tecrübesiz; böyle yerlere alışkın değil."

Ruth'un içinden, "Aman canım, burada hiç değilse kadınları yakıp küllerini de sandığa doldurmuyorlar!" demek geldi, ama sonra dudağını ısırdı. O anda konuşmak istediği en son şeyin diskolar olması, Claire'in suçu değildi. Hem o kadar sinirli olmasına da gerek yoktu. En azından anneliğin hiç de kolay bir şey olmadığını keşfeden biri daha vardı. Derin bir nefes aldı ve işbirlikçi olmaya karar verdi.

“"Yani, kapıda onları koruyan görevliler var. Zaten cumartesi gecesi içeri sadece on sekiz yaşın altındakiler alınıyor, bu yüzden içki servisi filan da yapılmıyor."

"Tamam o zaman. Sanırım... yani sen de Laura'nın gitmesine izin verdiğine göre... Bir de sınıftan bir kız daha geliyormuş; neydi adı? Chelsea? Kıvırcık saçlı olan kızdı değil mi? İşte o da geliyormuş. Ben de düşündüm ki, onları ben götürebilirim? Birlikte gidebilirler değil mi? Jemma'nın yanında bir arkadaşı olursa çok mutlu olurum; tabii sen de izin verirsen. Sence bir sakıncası yok, değil mi?" Bayan Farrant sanki bir sorun varmış gibi konuşuyordu.

"Mesele şu, ben Laura'ya..."

"Geç saate kadar dışarıda kalmalarına izin vermeyeceğim tabii. Onlara saat on buçukta evde olmalarını söyleyeceğim. Belki de daha erken. Olur, değil mi?"

"Şey, ben, Laura'ya..." Ruth parmaklarını saçlarına geçirdi. "Her neyse, peki, tamam. Bu çok iyi olur. Yalnız okuldan bir kız daha gelecek. Sumitha Banerji, o gece ailesi bir davete gideceği için bizde kalacak da. Sence bir sakıncası var mı?"

"Hayır, hiç sorun değil. Bir dakika, şimdi hatırladım. Bu isim bana hiç yabancı değil. Bir kez hastanede Andrew'un bir arkadaşıyla karşılaşmıştık; onun soyadı da aynıydı. Acaba aynı aile mi? Her neyse, hem Jemma için de yeni birini tanımak hoş olur." Claire bir an durup soluklandı. "Son zamanlarda sosyal hayatı hiç renkli geçmiyor."

"Onları arabayla götürmek sana zahmet olmaz mı?"

"Hayır, olmaz. Hiç değilse bunu yapayım. Jemma'yla aramız düzeltttin. Benimle konuşmaya başlar artık. Bugünlerde bana neler çektiriyor bilsen."

"Al benden de o kadar. Görüşmek üzere."

LAURA ZOR DURUMDA

"Bu yaptığım disiplin kurallarına aykırı," diye düşündü Ruth, yüzünü ekşiterek. Ama başka ne yapabilirdi ki? Laura, Jemma'yı kanatları altına almıştı. Kızını kötü bir şey yaptığı için cezalandırayım derken başka bir kızın gecesini mahvetmeye hakkı yoktu. Ancak sorun, Laura'nın bunu bir zafer olarak görecek olmasıydı. Yine de en kolay yol buydu; Ruth'un yeni bir tartışmaya girecek enerjisi yoktu. Son günlerde bütün boş zamanını istemediği işlere başvuru formu hazırlayarak geçiriyordu; çünkü paraya ihtiyacı vardı. Ama hiç kimse onu aramıyordu sanki. Sürekli, "Bayan Turnbull, başvurunuz için teşekkür ederiz, ancak ne yazık ki..." diye başlayan mektuplar alıyordu. Daktilo ve stenonun modası geçmişti artık. Bilgisayar dili bilmek, İnternet konusunda usta olmak, tek elle çizim yaparken tek elle Hong Kong'a faks gönderebilmek gerekiyordu. Yine de Ruth umudunu kesmemişti. Bir gün mutlaka biri onu işe alacaktı.

"Laura, biraz aşağı gelir misin lütfen?" diye seslendi.

Laura önce cevap vermemeyi düşündü, ama sonra bunun o kadar da iyi bir fikir olmadığına karar verdi.

"Ne var?" diye mırıldandı, merdivenlerden ayaklarını sürüyerek inerken.

"Laura, neden ağlıyorsun?"

"Ben mi? Hiiç. Ortada ağlanacak bir şey mi var? Her şey güllük gülistanlık, değil mi? Yılın en önemli gecesinde arkadaşlarımı görmem yasaklandı benim! Hapis..."

"Bu gece gidebilirsin."

"Hapishanede yaşıyor gibiyim... Ne dedin sen?"

"Bu gece gidebilirsin dedim."

"Gerçekten mi?"

Annesi içini çekti. "Gerçekten."

"Ah, anne, teşekkürler. Seni seviyorum, yemin ederim seni çok seviyorum. Radyoda yaptığım şey için de özür dilerim. Kötü bir niyetim yoktu. Senin duygularını incitmek istememiştim. Ah, teşekkürler. Peki neden fikir değiştirdin? Senin yeni göz kalemini ödünç alabilir miyim?"

"Jemma Farrant'ın annesi yüzünden. Evet, alabilirsin."

"Ne?"

"Evet, kalemi ödünç alabilirsin."

"Onu demiyorum. Jemma Farrant'ın annesine ne olmuş?"

"Bana telefon edip Jemma'nın diskoya gitmek istediğini, ama bu kasabaya yeni taşındıkları ve hiçbir yeri bilmedikleri için kendisinin biraz endişelendiğini söyledi. Sonra seninle ve Chelsea'yle birlikte gitmesi halinde, Jemma'ya izin verebileceğini düşündü. Sizi Bayan Farrant götürecek; yani Bay Gee'nin zahmet etmesine gerek kalmayacak. Sizden istenen tek şey, Jemma'ya göz kulak olmanız."

"Yani Bayan Farrant'ın beni diskoya götürmesini, sonra da almasını kabul mü ettin?"

"Evet. Ne olmuş?"

"Yani beni o mu alacak? Buradan?"

"Yok canım; ona senin özel helikopterinle gidip çatılarına konacağını söyledim. Seni çatıdan alacak. Tabii buradan alacak? Başka nereden almasını bekliyordun ki?"

"Nereden alırsa alsın, ama buradan almasın. Ah, anne, bunu nasıl yaptın? Sumitha'yla ikimiz Chelsea'lere gidelim, Bayan Farrant bizi oradan alsın. Anne, ona buraya gelmesini nasıl teklif edersin?"

Ruth şaşırmıştı. "Şey, burası yolunun üstündeymiş. Gelmeyi kendisi teklif etti."

Laura, annesinin bu kadar aptalca davranmasına inanamayarak kaşlarını kaldırdı. "Dinle anne, Farrant'lar Billing Hill'de kocaman bir evde oturuyorlar. Jemma bir kez okul çıkışında beni davet etmişti. Öyle bir mutfakları var ki anlatamam; öylesini ancak dergilerde görürsün; bütün tavanlarda, duvarlarda bir şeyler asılı. Evde ayrıca iki tane banyo, bir çalışma odası, ne istersen var. Bu yüzden bu evi asla görmemeliler!"

"Tanrım, Laura. Burası son derece hoş ve şirin bir ev; bulunduğu yer de çok güzel. Ama sen hangar gibi ve aşırı derecede gösterişli bir evde yaşamaya alıştığından, hiçbir yer seni tatmin etmiyor."

"Ah, anne, anlamıyorsun..."

"Evet, anlamıyorum. Ama anladığım bir şey var. Sen dış görünüşe çok fazla önem veriyorsun. Sadece geçici bir süre için eskisinden daha küçük bir evde yaşamamız, insanlığımızdan bir şey götürmüyor, anladın mı? Senin küçük bir züppeye dönüştüğünü hissediyorum. Sürekli insanların senin hakkında ne düşüneceklerini kafaya takıp endişeleniyorsun."

"Senin gibi olmaktan iyidir! Sen de insanlarda bıraktığın izlenimi hiç umursamıyorsun" diye bağırdı Laura.

'Sakin ol,' dedi Ruth kendi kendine. 'Ona kadar say.' Ama bir işe yaramamıştı. Bir kez de Fransızca saymayı denedi.

"Ama Sumitha burada kalacağı için çok sevinmiştin."

"Ama o farklı. Sumitha da küçük bir evde oturuyor. Tek fark, onun ailesi şehir dışında daha büyük bir ev arıyor." Laura, her şeyi annesinden daha iyi biliyormuş gibi bir tavırla konuşuyordu.

"Of be kızım! Şimdi söyle bakalım, şu lanet olası diskoya gitmek istiyor musun, istemiyor musun?"

"İstiyorum, istiyorum. Teşekkürler anne. Şimdi gidip Chelsea'yi arayacağım ve onlarda buluşup Bayan Farrant'ı bekleyeceğimizi söyleyeceğim. Nasıl olsa beni bırakmak için buraya geldiklerinde hava kararmış olacak!"

JEMMA'NIN TALİHİ DÖNÜYOR

Annesi içeri girdiğinde, Jemma zarfa pul yapıştırıyordu.

"Tamam, sen kazandın, gidebilirsin." Bayan Farrant alt dudağını ısırıyordu; bu da onun durumdan pek de hoşnut olmadığını gösteriyordu.

Jemma'nın ağzı açık kaldı.

"Eee, bir şey söyleyecek misin,yoksa öyle alık alık bakmaya devam mı edeceksin?" diye sordu annesi.

"Teşekkürler, anne, harika bir şey bu!" Jemma oturduğu yerden fırlayıp annesine sımsıkı sarıldı. "Nasıl oldu da fikrini değiştirdin?"

"Bu gece diskoya nasıl insanların gittiğini öğrenmek için Laura Turnbull'un annesini aradım. Ona Laura ve Chelsea'nin sana göz kulak olup olamayacaklarını sordum, böylece..."

"Ne yaptın?" diye fısıldadı Jemma.

"Bayan Turnbull'a yeri onaylayıp onaylamadığını sordum. Kötü bir yer olmadığını söyledi. Ben de Laura'yı,

Chelsea'yi ve seni birlikte götürebileceğimi, onların sana göz kulak olmasını istediğimi söyledim."

'Aman ne güzel!' diye düşündü Jemma. 'Teşekkürler anne, çok teşekkürler. İnsanların gözünde beni tam bir bebek durumuna düşürdün!'

Annesine bağırmak istedi. Bunu nasıl yaparsın? Gideceğim yerin doğru dürüst bir yer olup olmadığını nasıl başkalarına sorarsın? Nasıl onlardan bana göz kulak olmalarını istersin?

Ama hiçbir şey söylemedi. Dilini ısırıp sustu. Jemma tartışmalardan nefret eder, mümkün olduğunca kaçınmaya çalışırdı. Ama bu giderek daha zor oluyordu. Brighton'da yaşarlarken, evde bir tartışma çıktığında ya da annesi babasına, hayır, bunu yapmayacaklar, madem sen ilgilenmiyorsun, çocuklarla ilgili kararları bana bırak demeye başladığında Jemma sıvışıp biraz ileride oturan büyükannesine giderdi. Dünyanın en duyarlı insanı olan büyükannesi, ona havuç suyu ve safranlı kek verir, her şeyin düzeleceğini söyledi. Gerçekten de düzelirdi; çünkü büyükannesi annesini alıp kahve içmeye götürürdü. Birkaç gün içinde de her şey yoluna girerdi.

Jemma annesinin onu neden bebek gibi görmek istediğini anlayamıyordu. Arkasında artık bebek olmasa da henüz altı yaşında olan Sam ve henüz üç yaşında bebekler olan ikizler varken üstelik!

Jemma derin bir soluk aldı. "Keşke bana göz kulak olmalarını istediğini söylemeseydin, anne,"diye mırıldandı.

Annesi birden boynunu büküp omuzlarını silkti. İncinmiş görünüyordu. "Ama, Jemma, gitmene izin verdiğim için bana minnettar olacağını düşünmüştüm. Ben, gidemezsin diye kestirip atmak yerine seninle orta yolda buluşmaya çalıştım. Bana böyle mi teşekkür ediyorsun? Eğer şartlarımı beğenmiyorsan, gitmeyebilirsin."

"Özür dilerim anne, teşekkür ederim. Gerçekten çok tatlısın." Jemma hızlı bir şekilde düşünmüştü. Diskoya gidiyordu ya, önemli olan buydu. "Giyecek hiçbir şeyim yok ama."

"Saçmalama, tatlım," dedi annesi. Krizi atlattıkları için rahatlamıştı. "Beyaz dantel yakalı güzel mavi elbisen var, kareli eteğin var..."

"Neyse, anne, ben bir şeyler bulurum."

'Ama bulduğum şey kareli ya da dantel yakalı olmayacak,' dedi Jemma kendi kendine.

CHELSEA'NİN ANNESİ PATLIYOR

Sevgili Ginny,

Öğle yemeği için kuru üzüm almak üzere köşedeki dükkâna gidiyorum. Chelsea yukarıda Laura'yla birlikte. Warwick botanik bahçesine gitti. Ona iğnelerini hatırlatım; bembeyaz oldu ve gitti.

Barry

Ginny, elinde iki torba dolusu erzakla mutfağa doğru sendeledi; yüzünü sıkıntıyla buruşturmuştu. Kuru üzüm neden lazım olmuştu ki? Akşam yemeğinde bolonez soslu makarnayla reçelli turta yiyeceklerdi.

O sırada mutfak tezgâhının üzerinde duran tencereyi gördü. Kokladı. Barry'nin yeni icatlarından biriydi mutlaka. Barry iyi bir aşçıydı, buna şüphe yoktu. Tek sorun, Chelsea ve Warwick'in damak zevki konusunda ne kadar tutucu olduklarını bir türlü göz önüne almamasıydı.

Birden Ginny'nin aklına bir şey geldi. Notta ne yazıyordu? "Chelsea ve Laura üst kattalar." Tam o 'Pekâlâ küçükhanımlar,' diye düşünerek merdivenleri çıkmak üzereydi ki, elinde kocaman kahverengi bir poşetle kocası içeri girdi.

"Program nasıl geçti, tatlım?"

"Kötü dakikalar yaşadım," diye cevap verdi Ginny. "Chelsea ile Laura ne yapıyorlar? Bugün Chelsea'nin sana yardım edeceğini sanıyordum."

"Buna pek yardım denemez sanırım. Mutfağa gelmesiyle gitmesi bir oldu. Üç dakika boyunca senin işinden şikâyet etti, sonra da ortalıktan kayboldu. Sabahın büyük bir bölümünü, Laura'yla birlikte yukarıda, telefonda konuşarak geçirdi."

"Laura sabahleyin de burada mıydı?"

"Evet. Her zamanki gibi, kendilerini Chelsea'nin odasına kapatıp bir sürü gürültü yaptılar." Barry kuru üzümleri tencereye boşalttı. "Ama Laura gitti. Onu evine ben bıraktım."

"Pekâlâ." Ginny sert adımlarla merdivenlere yürüdü. "Chelsea, çabuk aşağı in! Hemen!"

"Neler oluyor?" diye seslendi kocası. O sırada fırının kapağını açmış, muhteşem sanat eserini üst rafa yerleştiriyordu.

"Onu öldüreceğim!" diye homurdandı Ginny. Barry, ayak altında dolaşmamanın daha iyi olacağına karar vererek mutfaktan kaçtı. Bulaşıkları lavaboda bırakmıştı.

Chelsea, ayaklarını sürüyerek mutfağa girdi. İçinden bir ses kötü şeyler olacağını söylüyordu.

"Chelsea," dedi annesi. Derin bir soluk aldı ve öfkelenmenin zayıflık belirtisi olduğunu anlatan sözü hatırlamaya çalıştı. "Laura bu sabah radyoya telefon ettiğinde burada, senin yanında mıydı? Kesin bir cevap istiyorum; evet ya da hayır de."

"Evet," dedi Chelsea.

"Böyle bir şeyi NASIL yaparsın?" diye bağırdı Ginny avazı çıktığı kadar. Zayıflık falan umurunda değildi. "Bunun beni ne kadar zor bir durumda bırakacağını düşünmedin mi?"

"Bu benim fikrim değildi. Laura dedi ki..."

"Kimin fikri olduğu umurumda değil. Onun telefonu kullanmasına izin verdin! Laura'nın buraya radyoya telefon etmek amacıyla geldiği besbelli. Sen onu desteklemeseydin, belki de bundan vazgeçerdi. Ya Laura'nın annesi? Sence şu anda kendini nasıl hissediyordur?"

"Üzülme anne, Laura'nın annesi öyle programlar dinlemez," dedi Chelsea, annesini teselli eder gibi.

"İşte bunda yanıldın, Bayan Çokbilmiş. Dün sabah Ruth bana benim programımı mutlaka dinleyeceğini söyledi. Senin de bildiğin gibi, o benim en iyi arkadaşlarımdan biri. Ya da en azından, bu sabaha kadar öyleydi. Belki de bundan sonra benimle konuşmaz."

"Üzgünüm."

"Üzgün müsün? Demek üzgünsün? Hepsi bu mu? Bana hayatımın en utanç verici anlarını yaşatıyorsun; sonra da sadece üzgünüm diyorsun. Şimdi Ruth'a telefon etmek zorundayım; neler düşünüyordur kim bilir. Zaten yeterince derdi vardı. Of, ne korkunç bir durum!" Ginny parmaklarını saçlarına geçirdi; ama saçları bozulmadı, çünkü bukleleri saç spreyi yüzünden kaskatıydı.

"Sana o aptal programı yapmamanı söylemiştim, değil mi?" diye bağırdı Chelsea. "Sen beni her hafta utandırıyorsun! Gazetede ipe sapa gelmez şeyler yazıyorsun, buruşuk diz kapaklarını ortaya koyan aptal giysiler giyiyorsun, radyoda regl dönemlerinden bahsediyorsun! Gençleri gençlerin kulağıyla dinleyen bir anne olduğunu iddia ediyorsun, ama arkadaşlarımdan biri seni gerçekten dinlemek istediğinde balon gibi sönüyorsun. Seni hiç anlamıyorum!"

"Dinle, böyle... Kahretsin, telefon çalıyor. Seninle işim henüz bitmedi küçükhanım!"

Ginny ahizeyi öfkeyle kaldırdı. ""Leehampton 554..."

"Alo? Ginny? Ben Ruth." Bayan Turnbull'un sesi pek iyi gelmiyordu.

Ginny derin bir soluk aldı. "Ah, selam Ruth. Ben de seni aramak üzereydim. Ben, şey..."

"Eminim seni neden aradığımı anlamışsındır. Ben..." Ruth'un sesi titredi.

"Ruth, yapma," diyerek onun sözünü kesti Ginny. "Ben, çok üzgünüm, gerçekten. Bunun olmasını istemezdim. Telefon canlı yayına bağlanmıştı, kesmem imkânsızdı. Hem Laura başka bir isim vermiş. Bu yüzden, sesini duyana kadar, arayanın Laura olduğunu anlayamadım. Görüşmeyi olabildiğince kısa tutmaya çalıştım."

"Ah, Ginny, ben seni suçlamıyorum. Ben kendi kızıma kızıyorum. Ve çok utanıyorum..."

"Yapma ne olur, utanacak bir şey yok ki, doğru söylüyorum."

Ruth içini çekti. "Laura'yı dinleyen herkes benim çocukça bir ilişki yaşadığımı düşünmüştür. Ama öyle değil. Melvyn benim arkadaşım. O çok iyi bir dost. Ama biz şey değiliz, yani..."

Ginny bir şeyler mırıldandı. Bu tuhaf koku Barry'nin

yemeğinden mi geliyordu acaba? Sadece bolonez soslu makarna yapsa ne olurdu sanki?"

"Şimdi Peter ne düşünecek? Tam da yeniden dost olmaya başlamışken..."

"Bence Peter gençlik programlarını dinlemiyordur."

"Umarım dinlememiştir. Ama belki de Betsy'nin çocukları dinliyordur ve o da duymuştur. Of, Ginny, Laura bunu neden yaptı sanki? Neden benimle konuşmadı?" Ruth ağlamak üzereydi.

Ginny içini çekti. "Çünkü Laura ergenlik çağında. Her şeyi en iyi kendisinin bildiğini sanıyor, senin hiçbir şey bilmediğine inanıyor. Kısacası o da zaman zaman insanı çıldırtan, kendinden başka hiçbir şeyi önemsemeyen tipik ergenlerden biri."

"Arkadaşları benim hakkımda ne düşünecek? Daha da kötüsü, arkadaşlarının aileleri benim hakkımda ne düşünecek? Benim hoppa bir kadın olduğumu sanacaklar. Bir de..."

"Yeter, Ruth," diyerek onun sözünü kesti Ginny. "Dinle. Birincisi, sence kaç aile benim programımı dinlemiştir ki? Cevap, sıfır. İkincisi, diyelim ki dinlediler. Kaç kişi Laura'nın sesini tanımıştır? Laura gerçek adını söylemedi ki. Kendini Becky olarak tanıttı. O saatlerde hepsi halılarını temizlemekle, arabalarını yıkamakla, kendi çocuklarına bağırmakla meşguldürler. Annesinden yakınan bir çocuğun sorunlarını dinleyecek fırsatları olmamıştır."

Ruth hafifçe güldü. "Doğru söylüyorsun. Galiba ben de şu anda Laura'nın her zaman yaptığı şeyi yapıyorum. Pireyi deve yapıyor, küçük bir olayı kriz haline getiriyorum yani! Her neyse, Laura'ya bu gece diskoya gidemeyeceğini söyledim. Dizginleri ele alma zamanının geldiğini düşündüm. Laura patronun kim olduğunu anlamalı."

"Çok haklısın. Ben de Chelsea'ye aynı cezayı vereceğim."

"Ama dur bir dakika. Tam karar vermiştim ki Bayan Farrant telefon etti. Hani şu sınıfa yeni gelen kızın, Jemma'nın annesi."

"Ah, evet, biliyorum. Geçen hafta gazetede babasıyla ilgili bir haber vardı."

"Bayan Farrant, Jemma'nın diskoya gitmek istediğini, ama ona ancak Laura ve Chelsea'yle birlikte gitmesi halinde izin verebileceğini söyledi. Ne yapayım, ben de kabul etmek zorunda kaldım. Bu arada, onları Claire götürecek. Yani Barry bu gece özgür! Bir şey daha var: Laura, Bayan Farrant'ı Chelsea'yle birlikte sizin evde beklemek istiyor."

Ginny esnedi. "Ah şu çocuklar? Atsan atılmaz, satsan satılmazlar. Şey, Ruth...?"

"Efendim?"

"Biz hâlâ arkadaşız, değil mi?"

"Elbette arkadaşız."

"Buna çok sevindim."

Chelsea, kapıya yaslanmış, annesinin konuşmasına kulak kabartmıştı. Son sözleri duyunca rahatladı. Diskoya gitmesi yasaklanmamıştı.

"CHELSEA!"

Yani en azından şimdilik yasaklanmamıştı.

Hemen mutfağa koştu. Annesi kirli bir tabağı yıkıyordu. "Biraz yardım etsen ne olur sanki? Lavabo bulaşık dolu. Yumurta kabukları bütün tezgâha yayılmış. Ben mahvettiğin ilişkilerimi düzeltmeye çalışırken, sen de hiç değilse bunları temizleyebilirdin."

Chelsea, annesinin mantığını sorgulamamanın daha iyi

olacağına karar verdi. Öğle yemeğinde uyduruk bir Güney Amerika yemeği yemek onun fikri değildi ki! Temizliği de babası yapabilirdi. Yine de bu koşullar altında, eline bir bez alıp biraz işe yaraması iyi olacaktı.

SUMITHA BİRİNCİ AŞAMAYI ATLATIYOR

Wellington Yolu'nda, Sumitha, annesiyle babasının evden ayrılması için dakikaları sayıyordu.

"Sumitha, biz yokken uslu dur tamam mı?" dedi babası, arabanın örtüsünü özenle katlarken. Ayrıntılara önem veren bir adamdı. Siyah ayakkabılarının ayna gibi parlamasını isterdi. Kızının Fransızca ödevini kaç dakikada yaptığını bile merak ederdi.

"Tamam, baba," dedi Sumitha. Bir yandan da, 'Babam bu gece için planlarımı bilse ne yapardı kim bilir,' diyordu kendi kendine.

Annesi, "Seni biz bırakalım. Böylece Bayan Turnbull'u da görmüş oluruz," diyerek araya girdi. "Eşyalarını topla, canım."

Sumitha'nın kalbi duracak gibi oldu. Bayan Turnbull'la konuşurlarsa, disko meselesini öğrenebilirlerdi.

"Zamanımız yok, Chitrita," dedi babası. "Geç kalıyoruz."

"Ama, Rajiv, uğramamamız kabalık olmaz mı?" Bayan Banerji o gece için özel olarak satın aldığı şalını düzeltiyordu.

"Sorun değil, anne," dedi Sumitha. "Beni yolun sonunda bırakırsınız. Ben Bayan Turnbull'a selamınızı söyler, neden uğrayamadığınızı açıklarım."

"Emin misin?"

"Chitrita, artık çıkmak zorundayız." Sumitha'nın babasının beklemeye tahammülü yoktu.

Yol boyunca, Bay ve Bayan Banerji, Sumitha'ya talimatlar verip durdular. "Lütfen ve teşekkür ederim demeyi unutma. Masayı toplarken yardım etmeyi teklif et. Banyoda havluları ıslak bırakma." Sumitha da yol boyunca sadece evet ve hayır dedi; doğru yerde doğru kelimeyi söylemiş olmayı umuyordu.

Arabanın arkasından el sallarken rahat bir nefes aldı. Bir an için, bütün planlarının alt üst olacağını düşünmüştü. Ya Laura'nın evine gidip Bayan Turnbull'la konuşsalardı? Sumitha'nın diskoya gideceğini mutlaka öğrenirlerdi o zaman.

Sumitha zili çaldı. "Hoş geldin, canım," dedi Bayan Turnbull. "Annenler içeri gelmiyorlar mı?"

"Hayır, Bayan Turnbull, onların acelesi vardı," diye karşılık verdi Sumitha. "Onların adına size teşekkür etmemi söylediler." Bunları söylerken en sevimli haliyle gülümsüyordu.

"Öyle mi? Ben de onlara diskoya gitmenizde bir sakınca olup olmadığını soracaktım." Bayan Turnbull endişeli gözlerle yola bakıyordu.

"Ah, evet. Eşyalarım bunun içinde." Sumitha, Naf Naf marka sırt çantasını kaldırdı. Annesiyle babası çantanın içinde neler olduğunu bilmiyorlardı tabii.

“Tamam o zaman,” dedi Bayan Turnbull. “Laura! Sumitha geldi!”

Laura kapıya geldi. “Her şey yolunda mı?” diye sordu, bilmiş bilmiş bakarak.

“Hem de nasıl!”

BAY TURNBULL GEÇMİŞİ HATIRLIYOR

Laura'nın babası, Preston Abbott'taki eski eve son bir kez bakmaya gitmişti. Betsy evde, sarılık olan Daryl'e bakıyordu. Sonia ise arkadaşlarıyla bowling oynamak için dışarı çıkmıştı. Peter son zamanlarda sık sık geçmişi düşünüyordu, bu yüzden evi bir kez daha görmek istemişti. 'Eskisinden de çok canavara benziyor,' diye düşündü evi görünce. Aslında bu evi almak delilikti. Onlar almadan önce iki yıl boş kalmıştı, bu yüzden o kadar ucuza alabilmişleri zaten. Eskiden burada bir papaz yaşamıştı. Ruth'la, burayı eski havasını koruyarak restore etmeye, evin içini antikalarla doldurmaya karar vermişlerdi.

Çok geçmeden, büyük odaların çok güzel göründüğünü, ancak ısıtmanın çok pahalıya patlattığını fark etmişlerdi. Eski evlerde rutubet ve tahtakurusu problemi de vardı. Bütün paralarını evi ısıtmak ve çatıyı onarmak için harcamışlardı. Sonunda bu kadar paralarını ve zamanlarını çaldığı için evden nefret etmeye başlamışlardı. Artık tatil yapmıyorlar, bunun yerine yeni su boruları alıyorlardı. Her kış kalorifer kazanıyla savaş yaşıyorlar; mobilyaları şöminenin dibine kadar götürerek ısınabiliyorlardı.

Ruth'la ayrılmaya karar verdiklerinde, ikisinin de içini burkmayan tek şey evden ayrılmak olmuştu. Ama Laura bundan çok kötü etkilenmişti. Bu eski ev, onun stiline ve dramatizasyon sevgisine çok uygundu. Laura herkese evde emektar bir hayalet olduğunu söylemişti. Yazın da saatlerce çardakta oturur, eskiden burada yaşadığını hayal ettiği aileler hakkında öyküler yazardı.

Peter kendi kendine gülümsedi. Laura böyleydi işte; her şeyi olduğundan farklı göstermeyi çok severdi. Bütün arkadaşlarına babasının uluslararası finans uzmanı olduğunu söylemişti; oysa Peter bir ithalat/ihracat şirketinde muhasebeci olarak çalışıyordu. Bir yaz tatilinde, Loire Vadisi'nde on gün kamp yaptıklarında da arkadaşlarına "bir dostlarının şatosunu ziyaret ettiklerini" anlatmıştı. Peter kızının bir züppe olduğunu düşünüp korkuyordu. Ama küçük, sevimli bir züppeydi o.

Peter hep Laura'nın mutlu olduğunu düşünmüştü. Birlikte geçirdikleri günlerde, Laura hiç durmadan, tatlı tatlı gevezelik ederdi. Telefonda da canı sıkkın konuşmuyordu hiç. Ama Peter zaman zaman endişeleniyordu. Tıpkı o sabah olduğu gibi. Radyo programını bir türlü aklından çıkaramıyordu. Daryl kusup arabanın her tarafını mahvetmesiydi, konuşmanın geri kalan bölümünü de dinleyebilecekti. Anlaşılan, Ruth'unn yeni bir erkek arkadaşı vardı. Onun adına sevinmişti; eski karısının mutlu olduğunu bilirse kendini daha az suçlu hissederdi. Ama Laura'nın bir sorununun olduğu çok açıktı; bu da canını sıkmıştı doğrusu. Belki de o gece telefon etmeliydi. Evet, telefon edip Laura'yla konuşacak ve sorunun ne olduğunu mutlaka öğrenecekti.

JEMMA GİYİNİYOR

Jemma aynadaki görüntüsüne baktı ve atkuyruğunu bağladığı tokayı çıkardı. Saçını şimdi topuz yapsa mıydı acaba? *Yell!* dergisinde gördüğü modelin kendisini daha büyük göstereceğine karar vermişti. Ama eğer aşağıya Fransız topuzuyla inerse, annesi öfkeden deliye dönebilir ve her şeyi iptal edebilirdi. Oysa Jemma o gece diskoya gitmek zorundaydı.

"Jemma, hadi canım, gitme zamanı geldi!" diye seslendi Bayan Farrant merdivenlerden yukarı.

Jemma derin bir soluk aldı. İşte vakit gelmişti. O gece arkadaşları üzerinde iyi bir etki bırakmak zorundaydı. Yılın ortasında yeni bir okula başlayıp yeni arkadaşlar bulmak hiç kolay değildi. Hele insanın ona anaokuluna giden bir çocuk gibi davranmakta ısrar eden, öğle yemeği kutusuna dinazor şeklinde bisküviler koyan, arkadaşlarının önünde onu küçük duruma düşüren bir annesi varsa, bu daha da zordu. Ama Laura Turnbull ona gerçekten çok kibar davranmıştı. Laura kendisini diskoya davet ettiğinde, Jemma şansının döndüğüne inanmaya başlamıştı. Eline geçen bu fırsatı kaçıramazdı.

O sabah aldığı rimeli, farı ve ruju (evdekilere diş macunu ve şampuan almaya gittiğini söylemişti) anorağının cebine tıktı. Giysileri görünmesin diye, anorağın fermuarını boğazına kadar çekti. Çocuk işi bulduğu bu anoraktan nefret ederdi aslında, ama bu gece işe yaramıştı. Annesinin gardırobundan ödünç aldığı simli ayakkabıları çantasına attı. Annesi bunları hiç giymemişti; dikkat çekici şeyler giymezdi zaten. Şansı yaver giderse, Jemma hiçbir şey belli etmeden dışarı çıkabilirdi.

"Şimdi beni dinle, Jemma," dedi Bayan Farrant yolda. "Bu gece hiç kimseden içecek, şeker filan kabul etme."

"Of anne, yeter artık, ben bebek değilim," diyerek içini çekti Jemma. "Sadece diskoya gidiyorum."

"Evet, ama fazla iyi niyetli davranabilirsin," dedi annesi. "Her şeyini aldın, değil mi? Telefon etmek için bozuk paran var mı? Yeterince kalın giyindin mi? Gece hava soğuk olabilir. İçine ne giydin?"

"Şey, krem rengi yeni gömleğimi," diye cevap verdi Jemma çekinerek.

"Şık Çocuk'tan aldığım gömleği mi? Çok güzel!"

"Chelsea'lerin dönemecine geldik sanırım," dedi Jemma, konuyu değiştirmek isteyerek. "Kiliseden sonraki ilk dönemeç olduğunu söylemişti."

"Tamam, tatlım." Bayan Farrant, arabayı 19 numaralı evin önüne park etti. "Ben içeri girip arkadaşlarını alayım."

"ANNE! Korna çalsana!"

Bayan Farrant içini çekti. "Tatlım, korna çalmak çok kaba bir davranıştır. Şimdi ben arabayı geri alıp bahçeye sokayım, sen de kapıya git."

Az sonra insanın içini gıcıklayan bir ses duyuldu. Bayan Farrant arabayı geri almaya çalışırken, tekerleklerden biri çiçek bahçesine girmişti.

"Ah, anne," dedi Jemma. "“'Olduğun yerde kal. Ne olur, hiçbir şey yapmadan otur."

SON RÖTUŞLAR

Jemma annesiyle uğraşırken, Chelsea, Sumitha ve Laura son rötuşları yapıyorlardı.

"Güzel göründüğümden emin misiniz? Bu bluz beni çok mu şişman gösteriyor? Peki pantolonum? İçimi gösteriyor mu?" Chelsea kaşlarını çatarak aynaya baktı.

"Çok güzel görünüyorsun, gerçekten," dedi Laura. O da banyo aynasında, gözlerini kocaman açmış, dilini dışarı çıkarmış, annesinden ödünç aldığı kalemle gözlerine düzgün bir çizgi çekmeye çalışıyordu.

"Saçımı ne yapacağım?" diye sızlandı Sumitha. "Saçlarımı kestirebilmeyi ne kadar isterdim! Bu halinden nefret ediyorum!" Öfkeyle başını sallayıp saçlarını arkada topladı.

"Sen şanslısın," dedi Chelsea. "Hiç değilse toplayabiliyorsun. Benim saçım ne uzun ne kısa. Sürekli kabarıyor. Böyle giderse hiç uzamayacak." Yüzünü ekşiterek buklelerini salladı.

Laura ona döndü. "En azından senin saçının rengi güzel. Kızıl kadar berbat bir renk olamaz. Sen hiç kızıl saçlı bir top model gördün mü?"

"Ama sen romancı olmak istiyorsun, top model değil."

"Sorun o değil ki."

"Ben kızıl saçın yaratıcılığın simgesi olduğunu duymuştum," dedi Sumitha bilmiş bir tavırla. "Bir sürü şair kızıl saçlıymış."

Laura bunu duyunca kendini daha iyi hissetti.

"Sizce Jemma ne giyecek?" dedi rujunu sürerken. "Annesi giysiler, makyaj ve takı konusunda çok geri kafalı."

"Bence Jemma fazla çocuksu," diyerek söze girdi Chelsea. "Tamam, sınıfın en küçüğü, daha çok yeni filan ama fazla çekingen. Kimseye elini bile tutturmaz herhalde. Onu neden davet ettin?"

"Ah, bilmiyorum," diye karşılık verdi Laura. "Onun için çok üzülüyorum, sanırım bu yüzden. Okulda kimseyi tanımıyor. O gün sınıfta annesi dönüp onu kucakladığında da çok utandı. Annenin sana böyle bir şey yaptığını düşünsene! Ya üzerindeki korkunç tayta ne demeli?" Üçü birden kıkırdadılar.

"Şapkayı da unutma!" diye ekledi Chelsea.

O sırada Ginny seslendi. "Kızlar, Bayan Farrant geldi!"

Sumitha birden donakaldı. "Bizi senin annen götürmüyor mu?" diye sordu Chelsea'ye.

"Hayır. Bayan Farrant, Küçük Jemma'sının elini bırakmamamızı istiyormuş. Bunun karşılığında da bizi götürmeye gönüllü olmuş."

Sumitha, "Olamaz!" diye mırıldandı. "Ben Jenny'yle orada buluşacağımızı sanmıştım."

"Oraya gittikten sonra, bizi kimin götürdüğü fark eder mi?"

"Ama Bay Farrant, babamın çalıştığı hastanenin yeni kulak burun boğaz uzmanı," dedi Sumitha. "Onun röntgenlerini babam çekiyormuş. Babamın bu geceden haberi olursa..."

"Olmaz, merak etme," dedi Chelsea, siyah deri ceketini giyerken. Saçını son bir kez düzeltti. "Babalar hiçbir zaman böyle şeylerden konuşmazlar. Jemma'nın babasının bu kasabada bir disko olduğundan bile haberi yoktur. Örneğin benim babam kendi dünyasında yaşıyor."

"Umarım senin dediğin olur." Sumitha pek ikna olmuş görünmüyordu.

"Kızlar, hadi! Bayan Farrant'ı bekletmeyin!" Ginny huzursuz olmuştu.

Hepsi merdivenlerden aşağı koştular.

"Chelsea, söylediklerimi unutma," diye söze başladı Ginny. "Sigara içmeyeceksin, kimseden bir şey kabul etmeyeceksin..."

"Anne, sakın devam etme. Şu anda radyoda değilsin."

"Sadece hatırlatıyorum." Ginny çok sakindi. "Sonradan pişman olmaktan iyidir. İyi eğlenceler kızlar, sonra görüşürüz"

Chelsea ve Laura, Bayan Farrant'ın Polo'sunun arka koltuğuna süzüldüler. Jemma'nın fermuarı boğazına kadar çekilmiş, yeşil ve eflatun çizgili anorağını görünce birbirlerine baktılar. Diskoya yanlarında böyle giyinmiş biriyle giremezlerdi! İçeri girmeden önce onu ekmek zorundaydılar.

"Selam!" dedi Jemma, gergin görünüyordu.

"Selam!"

Arabanın içi bunaltıcı derecede sıcaktı. Chelsea ve Laura ceketlerini çıkardılar. Jemma ise, yüzünün mosmor görünmesine karşın fermuarını açmamakta ısrar ediyordu.

"Tanrım, Chelsea, bu bluz çok kısa değil mi? Soğuktan donacaksın."

"Anne..." diye tısladı Jemma, anorağının içine iyice gömülerek.

Chelsea ise tatlı tatlı gülümseyerek, "Bugünlerde kısa bluzlar moda, Bayan Farrant," diye karşılık verdi.

"Öyle mi? Çok kullanışsız değil mi?" Bayan Farrant bunları söylerken, ani bir şekilde yolun ortasına geçmişti. O sırada yanlarından geçen kamyonun şoförü, orta yaşlı bayan sürücüler hakkında ne düşündüğünü gösteren bir hareket yaptı.

Bayan Farrant, kızları görünce hayrete düşmüştü. Ne kadar ağır makyaj yapmışlardı. Jemma'cığı onlara benzemediği için çok mutluydu. 'Çocukların bu kadar çabuk büyümeleri ne yazık,' diye düşündü. Tam o sırada yolda bir hata daha yaptı.

"Anne..."

Annesinin sürücülüğü de Jemma'yı onun fırfırlı bluzlara ve beyaz çoraplara düşkünlüğü kadar utandırıyordu. Bayan Farrant ancak beşinci hakkında ehliyet alabilmişti. Bu yüzden sadece Bay Farrant hastanedeyken ikizleri kreşe, Sam'i de yüzme dersine götürmek zorunda kaldığında araba kullanırdı.

Neyse ki Bayan Farrant diskonun yolunu bilmiyordu. Bu yüzden, geri kalan zaman moda ve genç kızların giyim tarzları konusunda yorumlar yapmak yerine yolu bulmaya çalışarak geçti. Üç kez yanlış döndükten, iki kez de aynı yerleri dolaştıktan sonra diskoya vardılar.

"Minnoşlarım, gözünüzü Jemma'dan ayırmayın, olur mu?"

"ANNE!" Jemma, arabanın kapısını çarparak kapattı

ve girişe koştu. Diğerleri Bayan Farrant'a nazik nazik gülümsediler ve uysal bir şekilde başlarını salladılar.

Diskoya doğru yürürlerken, üçü de içten içe 'Beterin beteri var,' diye düşünüyorlardı. Hiç değilse kendi anneleri onlara 'minnoşlarım' diye seslenmiyordu.

HERKES KENDİ HAVASINDA

Saat sekiz buçukta, Jemma kendini son derece iyi hissediyordu. İçeri girer girmez Laura'nın koluna yapışmış, onu lavaboya sürüklemişti.

"Ne oldu? Hasta mısın?" diye sordu Laura, Jemma'nın kendisine bütün gece ayak bağı olmamasını umarak.

"Hayır, hasta değilim. Sadece senin yardımına ihtiyacım var."

Jemma makyajını yapmış, annesinin simli ayakkabılarını giymişti. Laura bu ayakkabılara saklamaya gerek duymadığı bir imrenmeyle bakmıştı.

Jemma'nın gözlerini *Shriek!* dergisinde gördüğü şekilde boyamışlar, her yerine bol bol Anais Anais sıkmışlar (bu parfümü yılbaşında büyükannesi hediye etmişti), saçlarını da sprey yardımıyla şık bir dağınık topuz yapmışlardı.

Sonuç harikaydı.

"Müthiş görünüyorsun," dedi Chelsea, içeri girdiklerinde.

Sumitha da onu görür görmez, "Vav! Jemma, ne kadar değişmişsin!" diye bağırdı.

"Ne güzel bir bluz!" Laura, Jemma'nın dar kadife bluzuna hayranlıkla bakıyordu. "Nereden aldın?"

"Chic'ten," dedi Jemma. "Büyükannem para göndermişti. Ben de anneme hırka almak için para biriktirdiğimi söyledim. Ama bunu aldım."

"Harika," diye söze girdi Sumitha. "Ayakkabılarına da bayıldım."

Diğerleri de onu onayladılar. Jemma çok mutluydu. Rimeli biraz fazla kaçırdığı için gözleri neredeyse birbirine yapışıyordu, saçı da deli gibi kaşınıyordu, ama buna değerdi doğrusu!

Saat sekiz otuz ikide Laura kendini cennette sandı. Kapıda onu gördüğünde, diyet kolasını yudumluyordu. Evet, Jon'du bu. Birden elleri terledi, kalbi hiç alışık olmadığı şekilde çarpmaya başladı.

"Bu o!" diye fısıldadı Chelsea'ye.

"Kim kim?"

"İşte orada!' ŞİMDİ BAKMA! Jon bu. Hani sana söz etmiştim ya! BAKMA! Ne hoş çocuk değil mi?"

"İyi de ona bakmazsam, hoş çocuk olup olmadığını nasıl söyleyebilirim ki?" dedi Chelsea.

"Tanrım, buraya geliyor! Ne yapacağım ben? Ne diyeceğim? Ah..."

Jon, Laura'nın yanından geçip gitti. Arkadaşıyla koyu bir sohbete dalmıştı.

"Selam," diye fısıldadı Laura.

Jon onu fark etmemişti bile.

Saat sekiz otuz beşte Sumitha hâlâ şansının döndüğüne inanamıyordu. Olmuştu. Buradaydı işte. Tabii Laura'nın annesine, anne babasının diskoya gitmesine seve seve izin verdiklerini söyleyerek biraz ayıp etmişti, ama olsun. Onlar bunu bilmeyeceklerine göre, incinmeleri imkânsızdı. Nereden bileceklerdi ki? Öğrenirler miydi acaba? Öğrenseler bile, olacaklara katlanacaktı artık. En azından eğlenceli bir gece geçirmiş olacaktı; bunu da elinden alamazlardı ya.

"İlerlemeye devam et," diyerek Rob'u itti Jon. Büfeye doğru gitmeye çalışıyorlardı

"Ne?"

"İlerle, hadi!"

Jon'un diz kapağını sırtında hisseden Rob'un ilerlemekten başka çaresi yoktu ki zaten.

"Bu sana sözünü ettiğim kız. Hani şu sabahleyin çarpıştığım," diye mırıldandı Jon.

Laura'nın kocaman yeşil gözleriyle kendisine baktığını görebiliyordu. Yüzünde tuhaf bir ifade vardı. Birden Jon'un cesareti kırıldı; Rob'a döndü. Ama Rob okuldan bir kızla dans pistinde gözden kaybolmuştu.

"Dans edelim mi?" diye sordu solunda bulduğu kıza. Kızın bir şey söylemesine fırsat bırakmadan onun kolunu yakaladı. Laura'dan uzak durmak zorundaydı. O sabah olanları düşündükçe kendini kötü hissediyordu. Öyle birdenbire çekip giderek tam bir aptal durumuna düşmüştü. Laura, onu bütün arkadaşlarına göstermek ve ne kadar salak bir tip olduğunu anlatmak için can atıyor olmalıydı.

"Dans edelim mi?" diye tekrarladı, dönüp yakaladığı kolun sahibine bakarak.

Sumitha bir türlü inanamıyordu. Özgürlüğüne kavuşmuştu. Şimdi de bir oğlan onunla dans etmek istiyordu!

Saat dokuza çeyrek kala, Chelsea çok eğleniyordu. Rob'un çok çekici bir tip olduğunu düşünüyordu. Rob bir üst sınıftaydı; ama birkaç kez onu futbol oynarken görmüş ve bacaklarının ne kadar güzel olduğunu düşünmüştü. Belki de bu onun ilk aşkı olacaktı. Gözlerini kapatıp, müziğin eşliğinde sallanmaya başladı. Rob onun ayağına bastı.

Saat dokuzda, Ginny kendini çok kötü hissediyordu. Buzdolabını temizlemeye karar vermiş ve şişenin altında Chelsea'nin şiirini bulmuştu.

"Barry," dedi, elinde şiirle oturma odasına girerken. "Barry," diye tekrarladı. "BARRY!" diye bağırdı en sonunda. Sevgili kocası sonunda başını çözmekte olduğu bulmacadan kaldırdı.

"Mmmm," diye mırıldandı.

"Şunu oku!" Ginny kâğıdı hışımla Barry'ye uzattı.

Barry kıkırdamaya başladı. Kahvesinden bir yudum aldı, sonra yine kıkırdadı. "Çok güzel, değil mi? Gerçekten güzel. Çok sevdim!"

"Yani şimdi sen bunu komik mi buldun?" diye bağırdı karısı. "Demek benim giyim zevkimi de komik buluyorsun?"

Barry ciddi bir ifade takınmaya çalıştı. Ancak yapamadı. "Ama sen de kabul et sevgilim, bazen aşırıya kaçıyorsun. Artık eskisi gibi genç değilsin,..."

Barry ondan sonraki yirmi dakikayı kot pantolonundaki kahve lekelerini temizlemeye çalışarak geçirdi.

Ginny'nin otuz dakikası ise gardırobun önünde geçti. Kızının söylediği gibi bir moda kurbanı olup olmadığını merak ediyordu.

Barry ne yapacağını düşünüyordu. Karısını çok seviyordu, ama Ginny bazen çok yorucu oluyordu doğrusu. Yaşlanmaktan nefret ediyordu. Zaman zaman onu idare etmek çok zor olabiliyordu. Ama Barry Ginny'yi seviyordu ve onu üzmek istemiyordu. En iyisi gidip barış imzalamaktı.

Saat dokuzu yirmi geçe, Bayan Turnbull'un evinde telefon çaldı. Arayan Peter'dı.

"Ah, selam," dedi Ruth, içten bir sesle. "Biraz bekler misin, yukarıdaki telefonu açayım." Melvyn oturma odasında masa lambasını tamir ediyordu. Ruth da nedense onun yanında Peter'la rahat konuşamıyordu.

"Şey, ben Laura'yla konuşmak istiyordum," dedi Peter, Ruth yatak odasındaki telefonu açtığında.

"Laura diskoya gitti." Ruth, Peter'ın kendisini aramadığını öğrenince tuhaf bir şekilde hayal kırklığına uğramıştı.

"Öyle mi? Şey, o iyi değil mi? Keyfi yerinde mi?" Peter'ın sesi tereddüt doluydu.

Ah, hayır. Demek Peter her şeyi duymuştu. Ruth'un korktuğu başına gelmişti işte.

"Evet, Laura iyi," dedi. "Neden sordun?"

"Hiç. Sebebi yok. Sadece merak ettim."

"Dinledin, değil mi Peter?" Ruth onunla yüzleşmeye

karar vermişti. "Laura'nın başka bir isim kullanarak yaptığı konuşmayı dinledin?"

"Evet, bir bölümünü dinledim. Ama Daryl her tarafa kustuğu için sonunu duyamadım."

Bayan Turnbull kıkırdamasına engel olamadı. Biri kustuğunda, ya da birinin bir yeri kanadığında Peter'ın eli ayağına dolaşırdı.

"Dinle Peter, düşündüğün gibi değil. Yani, demek istediğim... Off, bunları telefonda konuşmak çok zor." Melvyn'in yukarı çıktığını duymuştu; küçük bir köpek gibi sürekli peşinden dolaşıyordu zaten.

"Şu yeni adam, hanzo yani," diyerek güldü Peter, "şu anda yanında mı?"

"Şey, evet, ama sadece lambamı tamir etmeye geldi. Yani, aramızda..."

"Bak, Ruth. Bunun benim için hiçbir sakıncası yok. Senin adına sevindim. Ben Betsy'yi buldum, senin de birini bulmana memnun oldum. Ben Laura için endişeleniyorum."

"Laura iyi. Sadece zaman zaman bazı şeyleri abartıyor, o kadar."

"Buna sevindim. En kısa zamanda onunla konuşacağım. Hoşça kal."

Bayan Turnbull telefonu kapattı.

"Benim aşk hayatımın onu üzeceğini düşünerek hata etmişim," diye mırıldandı kendi kendine.

ZAMAN İLERLİYOR

Saat onda, Laura'nın morali çok bozuktu. Jon'un Sumitha'yla, Chelsea'yle, hatta bir kez Jemma'yla dans ettiğini görmüştü; ama kendisiyle hiç dans etmemişti. Laura ne zaman onunla göz göze gelmeye çalışsa, Jon gözlerini kaçırmıştı. Laura pizza almaya giderken yanlışlıkla ona çarptığında bile tek söz etmemişti. Laura'ya göre bu çok doğaldı; diğerleri harika görünüyorlardı. 'Keşke ben de yarı şeffaf bir şeyler giyseydim,' diye düşündü, 'o zaman beni fark ederdi.' Her şey annesinin yüzündendi. Böyle giderse, asla bir erkek arkadaş bulamayacaktı.

"Sorun ne?" diye sordu Jemma tatlı bir sesle. "Üzgün görünüyorsun."

Laura, Jemma'ya Jon'u ve geçirdikleri kazayı anlattı. Jon'u gerçekten çok hoş bulduğunu söyledi.

"Jon bizim bitişiğimizdeki evde oturuyor." Jemma bunu o kadar sıradan bir şeymiş gibi söylemişti ki.

"Bitişiğinizde mi? Sizin mi?"

"Evet. Taşındığımız gün, annesi bize kek yapıp getirmişti. Annem de ondan salonumuz için aranjmanlar satın aldı. Jon, Bellborough Court'a gidiyor. Onu her sabah otobüs durağında görüyorum."

'Hayat,' diye düşündü Laura, 'hiç adil değil.' Jemma'yla arkadaşlığını devam ettirmek zorundaydı. Bu çok faydalı olabilirdi.

Saat onda, Chelsea'nin gözleri pırıl pırıldı. Rob'la çok iyi anlaşmışlardı; dans etmişler, bütün gece durmadan konuşmuşlardı. Rob ona soyadını, nerede oturduğunu ve daha bir sürü şey sormuştu. Chelsea onun kendisine çıkma teklif edeceğini düşünüyordu.

"Gee mi? Radyoda program yapan Ginny Gee ile bir ilgin yok değil mi? Hani şu *Echo* dergisine yazılar yazan Ginny Gee ile?

Chelsea ağzının içinde bir şeyler geveledi.

"Efendim?" dedi Rob.

"Şey, o benim annem."

"Bu harika! Vay be, demek ünlü bir annen var. Senin onun kızı olduğunu bilmiyordum. Gerçekten çok hoş yazıyor. Annem onun yazılarına bayılıyor."

"Öyle mi?" dedi Chelsea.

Biraz daha dans ettiler. Chelsea söyleyecek güzel bir şeyler bulmaya çalışıyordu.

"Yarın gelip seni görebilir miyim?" diye sordu Rob birden.

"Ah, tabii," dedi Chelsea, rahatlamıştı.

"Harika. Saat kaçta?"

"Kaçta istersen."

Rob ona daha sıkı sarıldı. Chelsea cennette gibiydi.

Saat onda Sumitha endişelenmeye başlamıştı. Jemma'nın annesi biraz sonra gelip onları alacaktı ve Jon hâlâ onunla dans ediyordu. Birbirlerine çok yakındılar. Harika bir duyguydu. Jon hem çok yakışıklıydı hem de çok iyi bir dansçıydı. Ama Sumitha, Bayan Farrant'ın kendisini Jon'la görmesini istemiyordu; bu riski göze alamazdı. Babası duyabilirdi. Üstelik Bayan Farrant'ı gördüğünden beri, onun bir çuval inciri berbat etmesinin her an mümkün olabileceğini düşünüyordu.

"Şey, affedersin," dedi Jon'a. "Lavaboya gitmek zorundayım." Bunları söyler söylemez bayanlar tuvaletine koştu.

Saat onu çeyrek geçe, Jemma iyice yorulmuştu. Ayakkabıları ayağını acıtmıştı; makyaj da cildinde alerji yapmıştı, yanakları alev alev yanıyor, kaşınıyordu, gözleri de sulanıyordu. Ama mutluydu. Bol bol dans etmiş, bir sürü insanla konuşmuştu. Annesi her an gelebilirdi; hiçbir zaman geç kalmazdı ki zaten. Bu yüzden bir an önce makyajını silmek ve diğer kızlarla birlikte dışarı çıkmak zorundaydı. Sırf onlar zamanında hazır olamadılar diye bir daha diskoya gitmesinin kesinlikle yasaklanmasını istemiyordu. Bayanlar tuvaletine girdi. Dışarı çıktığında yine çizgili anorağı içinde cici kız Jemma'ydı.

Jon güzel bir akşam geçirmişti. Bütün gece Laura'nın gözlerini üzerinde hissetmesine karşın, ondan kaçmayı başarmıştı. Belki de Laura o sabah olanları herkese anlatmıştı. Ama Jon, Sumitha'yla iyi vakit geçirmişti doğrusu. Sumitha, onun çene çalmaya çalıştığı diğer kızlardan çok daha ilgi çekiciydi. Aslında onunla çene çalmamıştı. Birden kendini Sumitha'ya, babasıyla yaşadığı sorunları, onun kendisini üniversiteye gitmeye zorladığını anlatırken bulmuştu. Sumitha da Jon'a, babasının baskısı yüzünden arkadaşlarının yaptığı hiçbir şeyi yapamadığını anlatmıştı. Sonra da Jon'a ne yapmak istediğini sormuştu. Jon da söylemişti. Ama Sumitha gülmemişti. Bir sürü soru sormuş, Jon'un kafasına koyduğunu mutlaka yapması gerektiğini söylemişti. Jon da ona istediğini yapıp saçlarını kestirmesini öğütlemişti; nasıl olsa ondan sonra babası bir şey yapamazdı. "Uzamasını beklemekten başka," demişti Sumitha. Çok gülmüşlerdi. Güzel bir geceydi gerçekten.

FELAKET!

"Hayır, olamaz, annem gelmiş!" Jemma bayanlar tuvaletinin önünde dondu kaldı. Dans pistinin ortasında, üzerinde mavi taytı ve soluk gömleği, ayağında botlarıyla Bayan Farrant duruyordu; yüzünde endişeli bir ifade vardı.

"Chelsea, Laura, merhaba canlarım!' Eve dönme zamanı geldi!" diye seslendi. Yanıp sönen ışıklar gözlerini rahatsız etmişti. "Jemma nerede?"

Jemma utancından yerin dibine geçecekti. 'Yer yarılsa da içine girsem!' diye düşünüyordu. Annesinin burada ne işi vardı? İçeri girip onu herkesin gözünde gülünç duruma düşürerek ne yapmaya çalışıyordu? Herkes anne babaların dışarıda beklemesi gerektiğini bilirdi. Başka hiç kimsenin annesi böyle bir düşüncesizlik etmezdi. Annesi toplum içinde nasıl davranılması gerektiğinden bu kadar habersiz miydi? Oysa Jemma ona kendilerini almaya geldiğinde dışarıda beklemesi gerektiğini anlatmaya çalışmıştı.

Chelsea ve Laura da ne yapacaklarını şaşırmışlardı. Çocuklardan bazıları birbirlerine Bayan Farrant'ı işaret ediyor, kahkahalarla gülüyorlardı.

Jemma annesinin, "Tanrım, bu gürültü de ne böyle?" dediğini duydu.

"Bir tür müzik," diye karşılık verdi Chelsea ters ters. "Ben gidip Jemma'yı bulayım." Bunu olabildiğince yüksek sesle söylemişti; herkesin bu kadının onunla bir ilgisinin olmadığını duymasını istiyordu.

Jemma derin bir soluk aldı. "Tamam, Chelsea. Buradayım." Annesine doğru yürüdü.

"Anne, neden dışarıda beklemedin?" diye tısladı. "Herkes sana bakıyor. Lütfen dışarı çık, hemen!"

"Üzgünüm, minnoşum, ama..."

"Bana minnoşum deme."

"...ama barada park edecek yer bulamadım, bu yüzden çok uzağa park etmek zorunda kaldım. Haydi, millet, toplanın bakalım. Küçük Sumitha nerede? Ah, gördüm. Yanındaki kim? Ah, Tanrım..."

Jemma'nın annesi ağzı bir karış açık, bakakalmıştı.

"Bu bizim bitişiğimizde oturan Jon Joseph değil mi?"

"Evet," diye mırıldandı Laura. Bütün gece Jon'un Sumitha'yla dans edişini izledikten sonra, bir de onların vedalaşmalarını görmek hiç hoşuna gitmemişti.

"Sumitha, tatlım, artık gelir misin?" diye seslendi Bayan Farrant.

"Of anne, yapma!" Jemma bunu inler gibi söylemişti.

Sumitha yutkundu. Bayan Farrant'ın geldiğini fark etmemişti. Bu yüzden de, dışarı çıkmadan önce Jon'a veda etmek istemişti. Bayan Farrant'ın yüzündeki ifadeyi görünce kendini çok kötü hissetti.

Sumitha'yla Jon'un bu kadar yakın olmaları Bayan Farrant'ı çok şaşırtmıştı. Banerji'lerin böyle bir şeye izin vermeyeceklerini düşünüyordu. Ne de olsa Sumitha henüz bir çocuktu. Ancak bazı aileler çocuklarını kontrol edemiyorlardı işte. Jemma, kendisiyle bu kadar yakından ilgilenen, onun iyiliğini isteyen bir annesi olduğu için şanslıydı. Sürüsünü önüne katıp kapıya doğru yürüdü. Hepsinin birden neden surat astığını anlayamıyordu.

Bayan Farrant birden, "Senin üzerinde ne var, küçükhanım?" diye bağırdı. Jemma bütün o sıkıntı içinde anorağının fermuarını çekmeyi unutmuştu. Ama artık ne önemi vardı ki? Hayatı sönmüştü zaten.

PİŞMANLIK ANLARI

Bayan Farrant'ın Polo'sunda havayı bıçakla kesebilirdiniz. Jemma ön koltukta utancından kıpkırmızı olmuş bir suratla oturuyor, gözyaşlarına zor engel oluyordu. Bayan Farrant direksiyonu sımsıkı kavramıştı; vitese vargücüyle asılıyor, sürekli yanlış sinyaller veriyor, insanlarla dalaşıyordu. Diğerleri arkada oturuyorlardı. Chelsea gülmemek için kendini zor tutuyor, kendisinde bir tuhaflık olup olmadığını merak ediyordu. Laura pencereden dışarı bakıyor ve Jon'u düşünüyordu; onu bütün gece tekeline aldığı için de Sumitha'dan nefret ediyordu. Jon onun arkadaşıydı, Sumitha'nın değil. (Laura, bir insanın bisikletine çarpmanın ve onunla yarım düzine cümleden ibaret bir konuşma yapmanın bu insanın mülkiyetini ele geçirmek anlamına gelmediğini unutuyordu.)

Bu arada, Sumitha durmadan dua ediyordu. "Tanrım, tanrım, lütfen babam bunu öğrenmesin."

"Bizi getirdiğiniz için size çok teşekkür ederiz," dedi Chelsea. Neşeli davranarak havayı yumuşatmaya çalışıyordu.

Bayan Farrant neredeyse vitesi yerinden söküyordu.

"Evet, gerçekten çok naziksiniz," diye atıldı Laura. "Çok güzel bir akşamdı, öyle değil mi Jemma?"

Sumitha ekledi. "Gerçekten çok güzeldi. Ben çok iyi vakit geçirdim." O ana kadar hiç sesini çıkarmadan oturmuştu.

"Fark ettim," diye homurdandı Laura.

Sumitha onu duymamış gibiydi.

"Jon Joseph'i ne zamandır tanıyorsun, Sumitha?" diye sordu Bayan Farrant. Dönemeci kaçırdığı için aynı yeri ikinci kez dolaşıyordu.

Sumitha yutkundu. Ne diyeceğini şaşırmıştı. Bayan Farrant Jon'u tanıyordu mutlaka. Bay Farrant da babasını tanıyordu. "Kendisi bizim aile dostumuz, Bayan Farrant," dedi. "Çok uzun zamandır görüşmüyorduk. Bu akşam karşılaşınca çok sevindik."

"Anlıyorum," dedi Bayan Farrant, kuşkulu bir sesle.

'Sanırım atlattım,' diye düşündü Sumitha. 'Tanrı beni duydu herhalde.'

Sonunda Laura'nın evine varmışlardı. "Sizi kapıya götüreyim," dedi Bayan Farrant.

"Yo, hayır, lütfen zahmet etmeyin," diye atıldı Laura. "Biz gideriz." Bayan Farrant ön kapının boyasının çıktığını, kapı zilini çalıştırabilmek için bantladıklarını görmemeliydi.

Ama o sırada olanlar oldu. Ön kapı açıldı. Bayan Turnbull onlara neşeyle el salladı. Üzerinde mavi kadife sabahlığı vardı. ayakları çıplaktı. Makyajını sildiği için burnu pırıl pırıl parlıyordu. Ancak en kötüsü, onun hemen yanında, yüzünde o aptal gülümsemesiyle Melvyn duruyordu. Laura öfkeden deliye dönmüştü. Annesi bunu nasıl yapardı? Hiç mi gururu yoktu? Bütün konu komşunun önünde, yanında erkek arkadaşıyla kapıda dikilmeye nasıl cesaret ediyordu? Laura buna dayanamıyordu.

"Çok teşekkür ederim, Claire," diye seslendi Bayan Turnbull. "Bir dahaki sefere onları ben götürürüm."

"Jemma için bir dahaki sefer diye bir şey olacağını sanmıyorum," dedi Bayan Farrant ters ters. "Sanırım bu gece oraya gitmesine izin vererek de hata ettim. Meğer yoldan çıkmaya ne kadar yatkınmış! Seni ararım."

Bayan Farrant arabasına binip gaza bastı. Çıkarken de çöp kutusunu devirdi.

Laura kapıyı kapatırken, Chelsea'yle Jemma'nın Melvyn'i meraklı gözlerle süzdüklerini gördü. O an içinden yukarı çıkıp kendini yatağına atmak ve ölmek geldi!

Bayan Turnbull, "Gidiyor musun?" diye sordu Melvyn'e.

"Evet, artık gitsem iyi olacak."

Laura dişlerini gıcırdattı. "Biz gidip kendimize kakao yapacağız, anne," dedi. O an istediği tek şey, Sumitha'nın, annesiyle o hanzonun vedalaşmasını görmesini engellemekti.

SORUNLAR, SORUNLAR...

"Anne, bunu nasıl yaparsın? Her şeyi berbat ettin!" Jemma'nın gözleri yaş içindeydi. "Oysa ne güzel bir akşamdı! Ama sen geldin ve her şeyi..."

"Demek güzel bir akşamdı?" diye bağırdı annesi, ön kapıyı çarparak. "Senin güzel bir akşamdan anladığın şey, ucuz ve basit giysilerle, yüzünde bir kilo boyayla ortalarda dolaşıp kendini göstermek mi? Ayakkabılarımı çaldığını söylemiyorum bile. Herhalde mahvolmuşlardır! O ayakkabılar bana düğün günümden hatıraydı. Tabii ben arkadaşlarını suçluyorum. Sen buraya taşınana kadar asla böyle bir şey yapmadın çünkü. Bana onların çok hoş kızlar olduğunu söylemiştin."

"Hoş kızlar!" diye bağırdı Jemma. "Hem de çok hoşlar!"

"Kızının bu halde dışarı çıkmasına izin veren bir anne ne düşünüyordur, bilemiyorum."

"Bunu yapan bir anne kızını düşünüyordur, hepsi bu! Ama sen bunun ne demek olduğunu bile bilmiyorsun değil mi? Öyle bir anne kızının arkadaşlarıyla iyi vakit geçirmesini istiyordur. Hayatını, kızının eline geçen fırsatları mahvederek geçirmiyordur!"

"Jemma, lütfen!" Bayan Farrant elini kızının omzuna koydu. Jemma geri çekildi.

"Evet, doğru söylüyorum. Sen benim büyümeme izin vermiyorsun. Arkadaşlarımın olmasını istediğini söylüyorsun, ama sonra bana bebekmişim gibi davranıyorsun. Sürekli bir şeyleri neden yapmamam, bazı kıyafetleri neden giymemem gerektiğine dair bahaneler buluyorsun. Büyükannem bile benim giysilerimi çağ dışı ve iç karartıcı buluyor!" Jemma ağlıyordu.

"Olabilir, büyükannen her zaman çok çılgın biri olmuştur."

"Çağ dışı olmaktansa çılgın olmayı yeğlerim. Sen şapşal geziyorsun diye ben de şapşal gezmek zorunda mıyım? Alışverişe gittiğimizde, beni aptal çocuk giysileri almaya zorluyorsun. Makyaj yapmama izin vermiyorsun. Eğer giydiğim şeylerden hoşlanmadıysan, bu senin hatan. Bana güzel giysiler alsaydın, seni bu şekilde kandırmak zorunda kalmazdım. Bu yüzden beni suçlama!"

"Bana bak Jemma, benimle böyle konuşma. Ben senin iyiliğini istiyorum,""diye ısrar etti Bayan Farrant.

Ama Jemma'nın uzun süredir içinde sakladığı duyguları dışa vurmaya ihtiyacı vardı. Kendini tutamıyordu.

"Hayır, istemiyorsun!" diye devam etti. "Senin tek istediğin bir patron gibi başımızda durup kıyafetlerimizi seçmek, ne zaman yatmamız gerektiğini söylemek ve çamaşırlarımızı ütülemek. İkizlerine ne istiyorsan onu yap, ama beni rahat bırak!"

Jemma kendini mutfaktan dışarı atıp kapıyı çarptı.

Annesi ise bir iskemleye oturup düşünmeye başladı. Jemma daha önce giysileri hakkında böyle konuşmamıştı hiç. O güne kadar kendisini hiç üzmemişti. Bayan Farrant, yeni okulun Jemma'yı çok kötü etkilediğini düşünüyordu.

Laura sütü ısıtıyordu. Melvyn'i şaşılacak derecede çabuk uğurlayan annesi gelip çaydanlığı onun elinden aldı. "Otur," dedi. "Sen de, Sumitha."

Oturdular.

"Biraz önce annen telefon etti, Sumitha," dedi Ruth.

Kızlar yutkundular.

"Seninle konuşmak istedi. Ben de diskoya gittiğinizi söyledim tabii."

Sessizlik.

"Annenlere diskoya gideceğini söylememiştin, değil mi?"

"Söylememiştim," diye fısıldadı Sumitha.

"Şu anda annenle baban bana çok kızgın," dedi Ruth. "Baban daha önce pek çok defa diskoya gitmenin yasak olduğunu söylemiş. Şimdi benim onların arkasından dolaplar çevirdiğimi ve sizi oraya gönderdiğimi düşünüyor. Baban bana kızgın, ben de size çok kızgınım tabii. Böyle bir yalanı nasıl söylersiniz?"

Sumitha başını önüne eğdi. "Üzgünüm, Bayan Turnbull. Annemle babam, hiçbir zaman arkadaşlarımın yaptığı şeyleri benim de yapmama izin vermediler. Bu akşam onlar dansa gideceklerdi, ben de buraya geliyordum, bu yüzden..."

"Çok istediğin bir şeyi sorun yaratmadan yapabilecek olmak sana cazip geldi?"

"Evet," dedi Sumitha.

"Ama benim başıma iş açtınız. Annen bana bir daha asla güvenmez."

"Neden aramış sanki? Sürekli beni kontrol ediyor!"

"Annen aradı, çünkü bileziğini arabanın arka koltuğunda bulmuş. Bileziği kaybettiğini düşünüp üzülmeni istememiş."

"Ya." Aslında Sumitha bileziği kaybettiğini fark etmemişti bile.

Bayan Turnbull Laura'ya döndü. "Sen de aynı derecede suçlusun," dedi. "Sen her şeyi biliyordun."

""Benim bir suçum yok," dedi Laura. "Arkadaşlarıma neyi yapıp neyi yapmayacaklarını ben söyleyemem." 'Keşke ona Jon'dan vazgeçmesi gerektiğini söyleyebilseydim,' diye geçirdi içinden.

"Bayan Turnbull, şey," diye kekeledi Sumitha. "Sağ salim eve döndük, her şey çok güzeldi, benim de keyfim yerinde. Siz anneme diskoların kötü yerler olmadığını söyleyemez misiniz? Diskoda başıma binbir türlü felaket geleceğini düşünüyorlar. Ama siz Laura'nın gitmesine izin veriyorsunuz."

"Sumitha, annenle babanın işine burnumu sokamam. Anla lütfen, bu hiç doğru olmaz. Onların da kendilerine göre kuralları var. Neyi yapıp neyi yapmaman gerektiğini sana ancak onlar söyleyebilirler." Sumitha'nın yüzüne baktı; kızcağızın yüzünden düşen bin parçaydı. "Ama madem istiyorsun, onları diskoların kötü yerler olmadığına ikna etmeyi deneyeceğim. Bunda bir kötülük yok."

"Ah, çok teşekkürler, Bayan Turnbull. Size minnettarım."

"Bu kadar anlayışlı bir annen olduğu için çok şanslısın, Laura," dedi Sumitha, yatmaya hazırlanırlarken.

Bir an Laura çok gururlandığını hissetti. Sonra gözlerinin önüne Sumitha'yla Jon'un dansı geldi.

"Ben duş almaya gidiyorum," diyerek odadan sıvıştı. Sumitha ise yatağın için oturup Jon'u düşünmeye başladı.

"Nasıl, iyi eğlendin mi Chelsea?" Ginny yazıcıdaki kâğıdı alıp bilgisayarı kapatırken esniyordu.

"Evet, çok güzeldi anne, bir de..." diye başladı Chelsea.

"Buna sevindim. Ben yatmaya gidiyorum. Evlilikte heyecanı geri getirmenin yollarını anlatan bir yazı yazdım. Pazartesi günü sabahleyin arı besleyen biriyle röportaj yapacağım. Öğleden sonra da pirana yetiştiren biriyle görüşeceğim."

"Ne güzel! Anne, ben bir çocukla..."

"Ah, demek hayatında bir oğlan var? Onun hakkında da şiir yazacak mısın?"

"Efendim?"

"Buzdolabını temizlerken, senin küçük edebiyat şaheserini buldum," dedi Ginny. "Demek modaya uygun giyinen biri yerine Claire Farrant gibi giyinen bir anneyi tercih diyorsun?"

Chelsea yutkundu. "Aman, anne, tabii ki öyle birini tercih etmiyorum. Yani, sen zaman zaman öyle güzel görünüyorsun ki. ('Ama sadece zamana zaman,' diye geçirdi içinden.) Ama bazen de hiçbir anneye benzemiyorsun. Fazla dikkat çekici oluyorsun."

"Ne yapalım, ben böyleyim işte. Nasıl derler, ya seversin ya gidersin. Bu arada, sana söylemiş miydim, Leehampton'daki hayaletler hakkında bir yazı hazırlayacağım. Eski evleri filan dolaşacağım. Ne güzel değil mi?"

Chelsea pes etti. Uğraşmanın bir anlamı yoktu. Piranalar ve hayaletler, annesini, kendi öz kızından daha çok ilgilendiriyordu. Ertesi gün Rob oraya gelecekti; Chelsea onun annesinden hoşlanmasını çok istiyordu. Ama aynı zamanda korkuyordu da. Daha önce hiç ciddi bir erkek arkadaşı olmamıştı; bu yüzden onun üzerinde iyi bir etki bırakmak istiyordu. Rob'un üzerine fazla düşmek istemiyordu; ama bir yandan da ona kendisinden hoşlandığını hissettirmek istiyordu. Annesi hayatını insanlara ilişkilerini nasıl daha iyi bir hale getirebileceklerini anlatarak geçirmişti. Kendi kızına neden yardım etmesindi ki?

Chelsea'nin kafasına takılan bir şey daha vardı. Rob annesinin işiyle çok yakından ilgilenmişti. Ya onu gördüğünde hayal kırıklığına uğrarsa, o zaman ne olacaktı?

"Demek diskoya gittin!" Babası Jon'u kapıda karşılamıştı. "Umarım yarın derslerini gözden geçirirsin. Sınavlar yaklaşıyor."

"Baba, ben programımı çoktan yaptım," diyerek içini çekti Jon.

"Ama üniversiteye gittiğinde..."

"BEN ÜNİVERSİTEYE GİTMEYECEĞİM!"

"Of Jon, yine başlama. Seninki gibi bir beyne sahip biri başka nereye gidebilir ki?"

"Güzel sanatlar fakültesine gidebilir örneğin," dedi Jon. İşte sonunda söylemişti.

Babası onun yüzüne baktı. Ağzını açtı, ama hiçbir şey söylemedi.

"Ben resim ve tasarım okumak istiyorum, baba," dedi Jon. "Bu konuda yetenekliyim, bundan keyif alıyorum ve hayatımı bununla kazanabileceğimi biliyorum. Bunun için en uygun yer de güzel sanatlar fakültesi..."

"Güzel sanatlar mı? Güzel sanatlar ha?" Jon'un babası öfkeden kıpkırmızı olmuştu.

"Evet. Ben siyasi karikatürler çizmek istiyorum." 'İşte oldu,' diye geçirdi içinden.

Babasının boğazından tuhaf sesler geldi. Yanakları da morumsu bir renk almıştı.

"Ömrümde böyle bir saçmalık duymadım. Senin derdin ne evlat?"

"Geleceğim," dedi Jon ve yatmaya gitti.

GECE KONUŞMALARI

Sumitha neye uğradığını şaşırmıştı. Laura çok garip davranıyordu. Duştan çıkmış, kendini yatağına atmış, "iyi geceler" diye homurdanmış ve ışığı söndürmüştü.

Oysa ne zaman birlikte kalsalar uyumak bilmezler, bütün gece çene çalarlardı. Giysilerden, oğlanlardan, okuldan, diskolardan, günün moda şarkılarından, oğlanlardan, hedeflerinden ve yine oğlanlardan konuşurlardı.

"Güzel bir geceydi, değil mi?" diye laf attı Sumitha.

Sessizlik.

"Bence çok güzeldi.."

Sonunda Laura yorganı üzerinden atıp oturdu. "Senin için güzeldi tabii."

Sumitha afallamıştı. "Ne demek istiyorsun?" diye sordu.

"Of, hadi, bana masum rolü yapma. Ne demek istediğimi bal gibi biliyorsun!" Laura bunları bağırarak söylemişti. Derken birden gözyaşlarına boğuldu.

Sumitha ne yapacağını bilemiyordu. Yataktan atlayıp Laura'nın yanına gitti. "Laura, neler oluyor? Sorun ne?"

"İlle de bilmek istiyorsan, sorun sensin! Neredeyse bütün geceyi Jon'la birlikte geçirdin! Ama bu haksızlık!" Laura hıçkırıyordu. "O benim arkadaşım, senin değil. Önce babanın senin erkek arkadaşının olmasını yasakladığını söylüyorsun, sonra da gidip başkasının erkek arkadaşını çalıyorsun!"

Sumitha, Laura'nın yüzüne baktı. "Ama ben onun senin erkek arkadaşın olduğunu bilmiyordum ki. Yemin ederim, bilmiyordum. Bunu bana söylememiştin. Ne kadar zamandır çıkıyorsunuz?"

Laura burnunu çekti. "Aslında tam olarak çıkıyoruz sayılmaz."

"O zaman sorun ne?" Sumitha nerede durduğunu bilmek istiyordu. Jon'dan gerçekten çok hoşlanmıştı. Jon da Laura'yla ilgileniyor gibi görünmemişti hiç. Hatta Sumitha ikisini bir arada gördüğünü bile hatırlamıyordu. Bu da Laura'nın hayal gücünün bir ürünü müydü yoksa?

Laura Sumitha'ya bisiklet kazasını, Jon'un bacaklarını, gülüşünü ve onun kendisinden hoşlanmasını ne kadar çok istediğini anlattı.

Sonunda da, "Ama sen hayatımı mahvettin!" diye eklemeyi unutmadı.

Sumitha içini çekti. "Yapma Laura, çok abartıyorsun. Bana Jon'un erkek arkadaşın olduğunu söylüyorsun, ama siz tanışalı daha bir gün olmuş. Her neyse, eğer seninle dans etmek isteseydi, sorması yeterdi değil mi? Yoksa sormadı mı?"

Laura sesini çıkarmadı.

"Hem ben ona dans edelim demedim ki. O gelip benim kolumu yakaladı. Ondan sonra da ailelerimizden, hayattan, yapmak istediklerimizden filan söz ettik. Ayrıca Jon Chelsea'yle, Jemma'yla ve onuncu sınıftaki Melanie'yle de dans etti."

"Peki neden benimle dans etmedi?" diye sordu Laura, yorganın ucuyla gözlerini kurulayarak. "Belki de sen ona fırsat vermediğin için."

"Neden melodram yaratıyorsun, Laura?" Sumitha sinirlenmeye başlamıştı. "Ona kibar davrandın mı?"

"Tabii davrandım," dedi Laura. "Yani davrandım sayılır. Önce birbirimize aptal, salak filan dedik, ama sonra Jon çok kibarlaştı ve bu gece beni görmezden geldi!"

""Belki de," dedi Sumitha, "belki de sana deliler gibi âşık olmuştur. Öyle ki, yanına gelip konuşmaya cesaret edememiştir. Daha önce bir filmde böyle bir olay görmüştüm."

"Gerçekten mi?"

"Tabii. Erkeklerin kendilerini duygularına fazla kaptırdıkları bilinen bir gerçektir. Çünkü onlar bir şeylerle baş etme konusunda kızlar kadar güçlü değildirler. Bu yüzden, içleri tutkunun ateşiyle yanarken, onlar bunu gizlemek için maço olurlar ya da çok sert görünmeye çalışırlar."

Laura şimdi çok daha neşeli görünüyordu.

"Belki Jemma'lara gittiğimde onu yine görürüm," dedi. "Ama şimdi sen bana gelecekte onu rahat bırakacağına dair söz ver."

Sumitha içini çekti. Jon'dan hoşlanmıştı, hem de çok hoşlanmıştı. Onun da kendisinden hoşlandığını düşünmüştü. Doğrusunu söylemek gerekirse, Jon'un, Laura'dan, Laura'nın düşündüğü kadar çok hoşlandığına inanmıyordu. Daha önce hiç erkek arkadaşı olmamıştı; babası onu rahat bırakmadığı sürece olacağını da sanmıyordu. Ama aynı zamanda Laura'yı da çok seviyordu. Bir şey söylemedi.

"Sumitha, bana söz ver!"

"Yapamam," dedi Sumitha dürüstçe. "Bunu neden yapayım? Eğer senden hoşlanıyorsa, nasıl olsa yakında seninle konuşacak cesareti toplar. Eğer benden hoşlanıyorsa, elimden bir şey gelmez. Öyle değil mi?"

"Seni şeytan!" diye bağırdı Laura. "Sen de tıpkı Betsy gibisin. Erkekleri çalıyorsun! İnsanların hayatını mahvediyorsun! Senden nefret ediyorum!" Bunları söyledikten sonra, yorganı başına çekip yüzünü duvara döndü ve bir daha da tek kelime etmedi.

Sumitha kendini çok kötü hissediyordu. Tutamayacağı sözler vermekten nefret ediyordu. Jon'un kendisiyle çıkmak istemesi halinde ona hayır diyemeyeceğini biliyordu. Laura'nın, babasının evden ayrılmasına çok üzüldüğünü, bu yüzden son günlerde sinirlerinin bozuk olduğunu da biliyordu. Belki sabahleyin araları düzelirdi. Bu arada kendisi de uyuyacak ve rüyasında Jon'u görecekti.

Laura uyanık yatıyordu. Sumitha'dan nefret ediyordu, dünyadan nefret ediyordu, en çok da kendinden nefret ediyordu. Jon onun neresinden hoşlanacaktı ki? Kızıl saçlarından ve çillerinden mi? Sumitha'nın ipek gibi siyah saçları, kocaman kara gözleri vardı. Belki de Jon'u entelektüelliğiyle etkileyebilirdi. Ama bundan da şüpheliydi. Erkeklerin entelektüel düzeyinin bir hayli düşük olduğunu keşfetmişti çünkü.

Yeni romanın taslağını düşünmeye başladı. Romanın kahramanı olan kız sevgilisini kötü kalpli bir başka kadına kaptıracaktı. Laura uykuya daldığında, kız kötü kalpli kadını zehirli pizzayla öldürmek üzereydi.

O GECENİN SABAHI

Oldukça karanlık bir gündü, yağmur yağacak gibiydi. Hava evdekilerin ruh halini yansıtıyordu sanki. Laura ve Sumitha kahvaltı masasında çıt çıkarmadan oturuyorlardı. Bu son derece olağandışı bir durumdu; çünkü Sumitha ne zaman onlarda kalsa, kıkırdaşma ve konuşmalar yüzünden Bayan Turnbull'un başına ağrılar girerdi. O sabah ise ikisinin de canı çok sıkkın görünüyordu. Bayan Turnbull bunu, Sumitha'nın babasıyla yapacağı konuşmayı düşünüp endişeleniyor olmasına bağlıyordu. Laura da davranışı yüzünden suçluluk duyuyordu herhalde. Bayan Turnbull buna kafa yoracak halde değildi; o asıl Peter'le yaptığı telefon konuşmasını düşünüyordu. Eski kocası, Laura'yı onun üzdüğünü mü ima etmişti? Bir sonraki hafta buluştuklarında, Laura annesiyle Melvyn'in hayali ilişkisini babasına ballandıra ballandıra anlatacaktı mutlaka. Anne olmak ne zor işti!

Billing Hill'de gergin bir hava vardı. Bay ve Bayan

Joseph kahvaltı masasında oturuyorlardı. Jon henüz kalkmamıştı. Bayan Joseph'in gözleri uykusuzluktan yanıyordu. Önceki gece kocası odaya öfkeyle girmiş ve bir saat boyunca oğlunun düşüncesizliği konusunda ileri geri konuşmuştu. Bu aptalca fikri Jon'un kafasına annesinin soktuğuna inanıyordu.

"Belki," demişti karısı uykulu bir sesle, "Jon senin hırslarını paylaşmıyordur."

"Sen hırs hakkında ne bilirsin ki?" diye bağırmıştı Bay Joseph yastığı öfkeyle fırlatarak. "Senin hırsların, büyük hedeflerin olmadı hiç. Buketler hazırlamak, insanlara çiçek düzenlemeyi öğretmek yetti de arttı sana. Ama ben zor yolu seçtim. Gece okuluna devam ettim, bulduğum her işte çalıştım, bulunduğum yere kendi bileğimin gücüyle geldim. Başarılı da oldum, öyle değil mi?"

"Evet, hayatım, gerçekten çok başarılı oldun," diye mırıldanmıştı Bayan Joseph, kocasının sesini kesmesini umarak. Bir an önce uyumak istiyordu.

Ama kocasının susmaya niyeti yoktu. "Jon için her şey çok farklı olacak. O hedefi on ikiden vuracak. Ama bunu üçüncü sınıf bir resim okuluna giderek yapamaz."

"O zaman birinci sınıf bir okula gitsin," demişti Bayan Joseph sert sert. "Onu istediği şeyi yapmaktan alıkoyup üzmenin ne anlamı var? Mutluluk hiç mi önemli değil?"

Kocası ona acır gibi bakmıştı. "Mutluluk faturaları ödemiyor."

"Ama parayla saadet de olmuyor. Benim hiç hırsımın olmadığını söylüyorsun. Peki elime istediğim şeyi yapma fırsatı geçti mi hiç? Hayır. Neden? Çünkü sen okurken ve çalışırken, vargücümle sana destek olmaya çalışıyordum. Bundan yakınmadım, yüksünmedim; çünkü sana hayrandım, seni mutlu görmek beni de mutlu ediyordu. Ama böyle bir şey Jon'u mutlu etmez. Bunu yakında sen de daha iyi anlayacaksın."

Henry Joseph bir süre daha uyanık yatmıştı. Önce oğlunun kariyerine ilişkin aptalca fikirleriyle alt üst olmuştu. Şimdi de her zaman son derece yumuşak başlı olan karısı isyan etmiş ve onu kendisini geri plana itmekle suçlamıştı. Saçmalıyordu işte. Onun yaşından kaynaklanıyordu bu, hiç şüphe yoktu. Kadınlar kırkından sonra komik oluyorlardı, bunu biliyordu. Ama yine de uyuyamıyordu.

O sabah da Henry hıncını bir dilim masum kızarmış ekmekten alıyordu. Tıkanan damarları ve kolesterolü umursamadan, bol bol tereyağı sürdü ekmeğe. Bu arada karısı sakin sakin dergi okuyor ve bitişik komşuları Bayan Farrant için bir Japon aranjmanı yapıp yapamayacağını düşünüyordu.

"Sana bir şey soracağım," dedi Henry birden. "Eline fırsat geçse, ne yapmak isterdin?"

Karısı, şaşkınlıkla başını dergiden kaldırdı. "İç mimar olmak isterdim, canım. Aslında hâlâ geç değil. Olgun bir öğrenci olmayı düşünüyorum ben."

Henry Joseph yaşamında ikinci kez ne diyeceğini bilemedi.

Bitişikte, 49 numarada ise, Bay Farrant pazar kahvaltısının tadını çıkarıyordu. O gün kahvaltısını alelacele bitirip hastaneye koşmak zorunda değildi.

Ama kahvaltı pek sessiz geçmiyordu; ikizler ortalığı

birbirine katıyorlardı. Jemma ise, gözlerini fincanına dikmiş, idam kararını bekleyen mahkûm gibi öylece oturuyordu.

"Hadi, Jemma, bir şeyler ye," dedi annesi.

"Beni rahat bırak anne," diye mırıldandı Jemma.

Babası araya girdi. "Annenle ne biçim konuşuyorsun? Derdin ne senin?"

"Bana dokuz yaşında bir çocukmuşum gibi davranılmasından bıktım," dedi Jemma.

Annesi onun sözünü kesti. "Sen bir yetişkin gibi davranmaya başlarsan, biz de sana çocuk muamelesi yapmaktan vazgeçeriz."

Jemma gözyaşlarına boğularak odadan kaçtı.

"Neler oluyor?" diye sordu Bay Farrant.

Bayan Farrant ona önceki gece yaşadıklarını, Jemma'nın kıyafetlerini, makyajını ve diskoda olanları anlattı. Kocasının onun yüzde yüz haklı olduğunu, zaten çocukları için hep en iyi kararları aldığını söylemesini bekliyordu.

Ancak kocası, "Jemma pek haksız sayılmaz," dedi. "On dört yaşına girdi, ama on bir yaşında gibi duruyor. Sence onun üzerine biraz fazla gitmiyor musun?"

Bayan Farrant gözlerini dikmiş, ona bakıyordu.

"Bak," diye devam etti Bay Farrant. "Onun için endişelendiğini biliyorum, ama zamanın akıp gittiğini unutuyorsun. Jemma büyüyor ve sen buna engel olamazsın."

"Ama o henüz küçük bir çocuk," diye söze başladı Bayan Farrant.

Bay Farrant, kriz anlarında, hatta hemşirelerden biri ameliyat sırasında hastanın kafatasını ayakların dibine düşürdüğünde bile, sakin kalmanın daha iyi olacağını düşünürdü. Ama o gün pazardı ve buna gerek yoktu. Birden yumruğunu masaya vurdu.

"Hayır, Claire. O küçük bir kız değil. Jemma hızla büyüyor, yani senin izin verdiğin ölçüde hızla. büyüyor demek istiyorum. İzin verirsen, çok hoş bir genç hanım olacak. Bu gerçeği bir an önce kafana sokmazsan, onu kaybedersin. Bunu istemezsin, değil mi?"

Claire fincanına yeniden çay doldurup ciddi ciddi düşünmeye başladı.

İki saat sonra, Laura'nın annesi, Rajiv ve Chitrita Banerji ile birlikte masada oturuyordu. Rajiv çok sert ve gergin görünüyordu. Chitrita ise oturduğu yerde büzülmüştü adeta. Dışarıda arabanın sesini duyduğu anda ortalıktan kaybolan kızlarını almaya gelmişlerdi.

"Sumitha'nın diskoya gitmesine izin vermediğinizi inanın bilmiyordum," diye kim bilir kaçıncı kez tekrarladı Ruth; fincanlara yeniden kahve doldururken. (Banerji'lerin o anki ruh hallerine en iyi gelecek şeyin sert bir kahve olacağına karar vermişti.) Bilseydim, ikisini de göndermezdim. Ama neyse ki başlarına bir şey gelmedi."

"Sizin kötü bir niyetinizin olmadığını biliyoruz, Bayan Turnbull," dedi Chitrita. Ruth'un süpermarketten aldığı ama "Ben yaptım!" diyerek ikram ettiği keki çatalıyla didikliyordu.

"Ben öyle yerleri pek sevmem," dedi Rajiv. Koyu renk bir takım elbise ile çizgili mavi bir gömlek giymişti. "Sanki önemli bir iş toplantısına gidecekmiş gibi," dedi Ruth kendi kendine. "Oysa bugün pazar."

"Sumitha bunu biliyordu, sizi kandırmaya hakkı yoktu. Bütün suç onun," diye devam etti Bay Banerji. "Ama sizin bizim kararımızı sormak için bir telefon etmemenize de şaşırdım doğrusu."

Ruth yutkundu. Acaba Bay Banerji röntgenini çektiği hastalarına da böyle acımasız mı davranıyordu? "Biliyorum. Bu tamamen benim hatam. Sumitha sizin çoktan gittiğinizi söyleyince..." Ruth savunmasını yapan bir sanık gibi konuşmuştu. "Bakın, artık çocuklar hayatı olduğu gibi görmek zorundalar, bizim tercih ettiğimiz gibi değil. Bence, eğer çocuğunuzu iyi yetiştirdiyseniz ve ona bilmesi gereken her şeyi öğrettiyseniz –ki ben öyle yaptım- ara sıra dün akşamki gibi sosyal olayların içinde yer alması, onun fazla riske girmeden, özgürlük duygusunu tatmasını sağlayacaktır. Tabii, Sumitha gibi iyi yetişmiş bir genç kız da..."

"Aynen öyle. Biz Sumitha'yı çok iyi yetiştirdik. Bu yüzden öyle yerlere alışkın değil," dedi Bay Banerji üstüne basa basa. Ruth o an yüzündeki ifadeden onun kızıyla nasıl gurur duyduğunu anlamıştı.

"Onun sizi üzmek istemediğinden eminim. Ama bir yandan da arkadaşlarıyla birlikte olmak istiyordu. Böyle tatlı bir kız, arkadaşları arasında popüler olmak ister tabii. Laura bana onun çok da güzel dans ettiğini söyledi." Bayan Turnbull garip bir biçimde, büyük bir coşkuyla konuşmaya başlamıştı. "Kızınızla gurur duymalısınız."

On dakika sonra, Sumitha'nın dans ve drama eğitiminden, onun ne kadar iyi bir dansçı olduğundan, tıpkı bir zamanlar ünlü bir dansçı olan büyükannesine benzediğinden söz ediyorlardı.

Sonra Rajiv ayağa kalktı. "Dün akşam kızımın oraya gitmesine izin vermeyerek fazla sert davrandım sanırım,"dedi.

O sırada birlikte kapıyı dinleyen Laura ve Sumitha, birbirlerine bakıp zafer işareti yaptılar. "Annen harika biri," diye fısıldadı Sumitha. "Bazen mucizeler yaratıyor."

"Ama," diye devam etti Bay Banerji, "kızımın adına leke sürülmemesi için elimden geleni yapmaya devam edeceğim. Onun bazı İngiliz kızlarına benzemesini istemiyorum. Çoğunun kendine saygısı yok. Bizim de kendimize göre standartlarımız var, biliyorsunuz."

"İngiliz ailelerin de öyle, Bay Banerji," dedi Ruth yavaşça.

"Elbette, elbette," diye atıldı Chitrita, incecik sesiyle. "Hepimiz çocuklarımızın iyiliğini düşünüyoruz, değil mi? Onlar için elimizden geleni yapıyoruz. Zaman zaman bir yerlerde hata yapmaktan korkuyorum. Çocuk yetiştirmek hiç kolay bir iş değil. Kızım benim çağ dışı kaldığımı düşünüyor. Ama çocuk insanın bütün hayatı oluveriyor işte." Gülümseyerek çantasını aldı. "Bence yeniden görüşüp konuşmalıyız. Sen ve ben, baş başa." Ruth'a göz kırptı. "Biz artık gidelim, Rajiv. Haydi Sumitha."

Rajiv herkesi, en çok da kendini şaşırtarak, kendisine söyleneni yaptı.

Chelsea kahvaltıdan beri tam üçüncü kez, gözlerine far sürüyordu. O sırada kapı çaldı.

"Chelsea, kapıyı açar mısın?" diye seslendi Ginny mutfaktan.

Chelsea çoktan açmıştı bile.

"Merhaba. Bugün gelip seni görebileceğimi söylemiştin. Ben de geldim." Rob kapının eşiğinde durmuştu, inanılmaz güzellikteki bisiklet şortunun içinde harika görünüyordu. Onun gülümsemesiyle, Chelsea'nin içinde bir şeyler eridi sanki.

"Tabii, hadi içeri gel," dedi Chelsea, dizlerinin kendisini daha fazla taşıyamayacağından korkarak. Rob'u mutfağa götürdü. "Anne, bu Rob."

"Merhaba, Rob. Kahve ister misin?"

"Lütfen." Rob, alnına düşen bir tutam ipek gibi saçı geriye attı ve yeniden gülümsedi.

"Dün gece çok güzeldi, değil mi?" dedi Chelsea. Daha etkileyici bir şeyler söyleyebilmeyi ne kadar isterdi! Kalbi deli gibi atıyordu.

"Evet, gerçekten çok eğlendim," dedi Rob ve Ginny'ye döndü. "Bayan Gee, sizin pek çok yazınızı okudum. Annem sizin muhteşem olduğunuzu düşünüyor."

"Şey, teşekkürler Rob," diye karşılık verdi Ginny, en çarpıcı gülümsemesiyle. "Lütfen bana Ginny de."

Chelsea sinir olmuştu.

"Ben de gazeteci olmak istiyorum," dedi Rob. "Bir şeyi çok merak ediyorum..."

"Yukarı çıkıp yeni CD'lerimi dinlemek ister misin?" diye atıldı Chelsea, umutsuzluk içinde. Bu konuşmanın nereye varacağını biliyordu.

Rob onu duymazlıktan geldi. "Bana işin bazı püf noktalarını anlatıp anlatamayacağınızı soracaktım. Yani nelere dikkat etmek gerekir, iş deneyimi nasıl edinilir, filan..."

"Seve seve anlatırım," dedi Ginny. "Yeter ki iste."

Chelsea bir an kusacak gibi oldu.

"Ah, anlattığınız her şeyin benim için çok yararlı olacağından eminim," dedi Rob.

Ginny kirpiklerini (yani SuperDrug'dan aldığı kirpikleri) kırpıştırdı. "Deneyimlerim sonucunda şunu gördüm. İnsanın esas ihtiyacı olan şey..."

On dakika sonra Ginny, "Chelsea, bize biraz daha kahve yapar mısın tatlım," dedi. "Rob, çocuklarla ilgili yaptığım şu çalışmaya bir göz at..."

Chelsea'nin midesi kasılmıştı. Her an ağlayabileceğini düşündü.

On beş dakika sonra, Ginny, " Chelsea, şuradaki yeşil kutunun içinde kurabiye var. Getirir misin, canım?" dedi.

Chelsea, 'Boğazında kalsın!' diye geçirdi içinden.

Yirmi dakika sonra, Chelsea, annesinin "Yazarın Elkitabı" adlı kitabı getirmek için mutfaktan çıkmasını fırsat bilerek söze başladı. "Rob, yukarı gelip..."

"Ah, çok üzgünüm, biraz sonra gitmem gerek," diye karşılık verdi Rob. O sırada Ginny de içeri girmişti. "Öğle yemeğine geç kalırsam annem beni öldürür. Her şey için çok teşekkürler, Baya... Ginny. Size yazılarımdan bazılarını getirsem fikrinizi söyler misiniz?"

"Çok sevinirim. Bence genç yazarlar için düzenlenen yarışmayla da bir ilgilen. Seninle tanıştığıma çok sevindim. Hoşça kal."

"Güle güle, Rob," dedi Chelsea.

"Hoşça kal, Chelsea. Sonra görüşürüz."

Chelsea, "Çok teşekkürler anne," diyerek yukarı, odasına koştu. Kendini yatağın üzerine atıp ağlamaya başladı.

"Ondan nefret ediyorum, Aardvark," diye hıçkırdı. "Kendini bütün dünyaya teşhir etmesi yetmedi, şimdi de erkek arkadaşımı çalmaya kalktı. Ondan nefret ediyorum!"

ARKADAŞLIKLAR TEHLİKEDE

Çok gergin bir haftaydı. Laura, Sumitha'yla konuşmamakla kalmıyor, Chelsea ve Jemma'yı da ona tavır almaya zorluyordu.

"Ama neden?" diye sordu Chelsea. Mantığı ve bilimsel zekâsı, bir şeyi kabul etmeden önce mutlaka sorgulamayı ve geçerli neden bulmayı gerektiriyordu. "Sumitha bana bir şey yapmadı ki."

"Tanrım, sen ne biçim arkadaşsın?" diye bağırdı Laura. "Jon'u benim elimden almaya kalktı, yetmez mi?"

"Ama Jon seninle hiç çıkmadı ki!" dedi Chelsea. "İnsan hiç elde etmediği bir şeyi nasıl kaybeder?"

Laura burnunu çekti. Chelsea'nin bir noktada haklı olduğunu kabul etmek istemiyordu.

"Boş ver, zaten Jon'un yüzü de sivilceli," dedi Chelsea. Rob'un sivilceleri yoktu. Rob tek kelimeyle harikaydı. Ama sağ olsun, annesi baş başa kalıp iki çift laf etmelerine izin vermemişti ki.

Laura, Chelsea'nin yanından hışımla ayrılıp Jemma'yı buldu.

"Sen benim arkadaşımsın," değil mi?" diye sordu.

"Elbette," dedi Jemma.

"O zaman bundan sonra Sumitha'yla bütün ilişkini keseceksin, tamam mı?"

Jemma yutkundu. O, herkesle arkadaş olmak istiyordu. Üstelik Sumitha'yla arasında bir problem yoktu ki. Hatta diskoda çok iyi anlaşmışlardı. İkisi de baskıcı ailede büyümenin ne demek olduğunu çok iyi biliyorlardı.

"Şey, yani, aslında o çok hoş bir kız," dedi.

"Hoş mu? Hoş ha? Sen çarpık ilişkileri hoş mu buluyorsun? Peki senin erkek arkadaşını elinden alsa ne düşünürdün? Ama tabii sen bu sorunun cevabını hiçbir zaman veremeyeceksin. Annenin zincirlerinden kurtulup bir erkek arkadaş bulamayacaksın çünkü!"

Laura, oradan fırtına gibi uzaklaştı. Jemma kendini çok kötü hissediyordu. Neden her şey ters gidiyordu sanki? Annesi çok kırılmış görünüyor ve hemen hiç konuşmuyordu; oysa Jemma yüzlerce kez özür dilemişti. Yeni arkadaşlarının da sorunları vardı. Başlangıçta ona çok kibar davranan Laura, şimdi onu bebek gibi görüyordu; tıpkı diğerleri gibi. Büyükannesi de hâlâ mektubuna cevap vermemişti.

Sumitha da keyifsizdi. Jon'un Laura'nın erkek arkadaşı olduğunu bilseydi, onların arasına girmeye kalkmazdı. Ama Jon Laura'nın erkek arkadaşı değildi; Sumitha bunu biliyordu. Aslında bunun için üzülmeye değmezdi. Jon başka bir okula gidiyordu ve kendisinden bir yaş büyüktü. Belki de onu bir daha hiç görmeyecekti. Ama belki... Babası onun bundan sonra ayda bir kez diskoya gitmesine izin vermişti. Babasıyla annesi yatak odasının kapısını kapatıp uzun süre baş başa konuşmuşlardı. Sonunda babası odadan fikrini değiştirmiş olarak çıkmıştı. Eğer Jon da gelirse, orada görüşebilirlerdi. Ancak Sumitha, Laura'yla yaptığı tartışmayı kafasından atamıyordu bir türlü. Bu yüzden kendini hiç iyi hissetmiyordu.

Chelsea'nin günleri de pek parlak geçmiyordu. Salı gecesi Rob onlara uğramış ve tam kırk beş dakika boyunca annesiyle konuşmuştu. Genç yazarlar yarışmasını tartışmışlardı. Perşembe sabahı da Rob okula giderken uğramıştı; bitirdiği makaleyi Ginny'ye göstermek istemişti çünkü.

Perşembe sabahı iki ders İngilizce vardı. Chelsea İngilizce dersinden nefret ediyordu. Sonra iki ders fen vardı. Laura'nın da fenle başı hoş değildi. İlişkiler gergindi ve hiçbirinin keyfi yoktu. Jemma ve Chelsea'nin anneleriyle sorunları vardı; Sumitha'nın sorunu Laura'ylaydı. Laura da Betsy ve Sumitha'dan eşit derecede nefret etmeye başlamıştı.

ANNELERİN SOHBETİ

O perşembe sabahı, kızlar hayatın adaletsizliğinden yakınırlarken, anneler Bayan Farrant'ın oturma odasında toplanmış kahve içiyorlar ve yaşadıkları dünyanın sıkıntılarından söz ediyorlardı.

Jemma'nın annesi bu kahve seansı sayesinde diğer anneleri biraz daha yakından tanıma fırsatı bulacağını, bu arada Bayan Turnbull'la arasındaki buzları da eriteceğini düşünmüştü. Son zamanlarda kocasının yeni işiyle ilgili endişeleriyle ve Jemma'nın yeni okuluyla ilgili sorunlarıyla öylesine meşguldü ki, eski arkadaşlarını ne kadar özlediğini yeni yeni fark etmeye başlamıştı. Kızları diskodan aldığı gece komik duruma düştüğünü de biliyor, durumu düzeltmek istiyordu.

Ruth, Laura'nın radyodaki konuşmasından sonra diğer annelerle karşılaşmaktan biraz çekinmişti aslında; ama sonra gitmeye karar vermişti. Nasıl olsa bir gün karşılaşmak zorunda kalacaktı. Hem belki de Ginny haklıydı; belki de hiçbiri bu konuşmayı duymamıştı. Bayan Banerji bu toplantı sayesinde kocasının baskısından biraz olsun kurtulmuştu. Ginny ise işlerinden bunalmıştı; bir iki saatlik değişiklik iyi gelmişti doğrusu. Bayan Joseph de bu toplantıyı aile ilişkilerini düşünüp endişelenmekten daha faydalı görüyordu.

Konu çok geçmeden çocuklara gelmişti elbette.

"Bu Cumartesi Jemma'ya yeni giysiler almaya karar verdim," dedi Bayan Farrant. "Durmadan onu bir bebek gibi giyinmeye zorladığımı söylüyor. Sizin kızlarınızın yanında gerçekten de çok küçük gösteriyor."

Diğerleri bunun çok iyi bir fikir olduğunu düşünüyorlardı, ama ayıp olacağını düşünerek bunu dile getirmediler.

"Doğrusunu söylemek gerekirse, seçeceği giysileri düşününce biraz endişeleniyorum. Bugünlerde aklı fikri yeni giysilerde. Okuduğu gençlik dergilerinde gördüğü giysilerden istiyor."

"Bence hiç üzülme, çünkü bu çok doğal bir şey," dedi Ginny. Bir yandan da o hafta köşesinde bu konuyu ele alabileceğini düşünüyordu. Annelerle Kızlarının Giyim Zevkleri Arasındaki Farklar. Böylece işin en zor kısmını atlatmış oluyordu! "Hatırlıyorum da, Geneva on iki yaşındayken, bir gün karşıma siyah balık sırtı bir tayt ve saten bir gömlekle çıkmıştı. *Folies Bergere*'den fırlamış gibi görünüyordu."

"Onun bu halde dışarı çıkmasına izin vermedin, değil mi?" diye sordu Claire.

"Tabii ki izin verdim. Dört komşunun isterik bakışlarını görünce mesajı aldı. Bunu yapmasaydım, benimle saatlerce kavga edecekti."

"Çok akıllıca," dedi Chitrita. "Bazen iyi bir anne olmadığımdan korkuyorum. Siz de görüyorsunuz, Rajiv çok aksi bir adam. Sumitha'yı çok seviyor, ama aynı zamanda ona çok sert davranıyor. Bense, bir tartışmaya neden olmaktan nefret ediyorum. Sumitha'nın, annesinin zayıflığı yüzünden çok çektiğini düşünüyorum."

Anneler anlayışla bir şeyler mırıldandılar. Yaşadıkları sorunlarda yalnız olmadıklarını görmek onları rahatlatıyordu.

"Ben de aynı durumdayım," diyerek söz girdi Bayan Joseph. "Yıllarca kocamın Jon'un hayatını yönetmesine seyirci kaldım. Hatta ben de ona katıldım. Henry bugün bulunduğu yere gelebilmek için çok mücadele etmiş. Bu yüzden, kendisinin yaşayamadığı şeyleri Jon'un yaşamasını istiyor. Jon'u üniversiteye gitmeye zorluyor. Oysa Jon güzel sanatlar okumak istiyor. Henry öfkeden kuduruyor."

Chitrita içini çekti. "Rajiv de öyle. Sumitha saçlarını kısa kestirmek istiyor. Hindistan'da, Sumitha yaşındaki kızlar saçlarını kestirmezler. Ama Rajiv'e artık Hindistan'da olmadığımızı anlatmaya çalışıyorum. Bir türlü ikna olmuyor. Benim elimden de başka bir şey gelmiyor."

"Ben," dedi Anona Joseph kararlı bir sesle, "değişmeye çalışıyorum. Bundan sonra Jon'un arkasında olacağım. Ayrıca ben de koleje gideceğim."

Diğerlerine, iç mimarlık okumayı düşündüğünü, bir gün kendi işini kurmak istediğini anlattı.Hepsi çok etkilenmişlerdi.

Bayan Turnbull da gelecek hafta bir iş görüşmesine gideceğini söyledi. "Bir ilkokula sekreter arıyorlar. Belki bilgisayar kurdu olmak gerekmiyordur," dedi.

Bayan Farrant, havuçlu kekin üçüncü dilimini yemekte olan Ginny'ye döndü. "Herhalde sen Chelsea'yle ilgili sorunlar yaşamıyorsundur. Ne de olsa ilişkiler konusunda uzmansın."

Ginny güldü. "Yaşamaz olur muyum? Başkalarına hayatlarını nasıl yaşayacaklarına dair öğütler vermek kolay. Ama söz konusu kendi kızın olunca, bunları uygulamak zor. Chelsea bugünlerde benden pek memnun değil."

"Peki bu seni endişelendirmiyor mu?" diye sordu Jemma'nın annesi. "Yani, krizler yaşandığında ya da çocuklar olmayacak şeyler yapmak istediklerinde endişelenmiyor musun hiç?"

"Elbette endişeleniyorum," dedi Ginny. "Ama endişelenmek, onların büyümesini engellemiyor. Bir gün nasıl olsa kendi hatalarının sonuçlarına katlanmak zorunda kalacaklar."

Bir an sustu. "Warwick yarın Endonezya'ya gidiyor. Onun için ne kadar endişelendiğimi anlatamam. Ama ne yapabilirim? Warwick bir yetişkin, ağaçları insanlardan daha çok seviyor ve gitme konusunda çok kararlı. Ona beni mutlaka aramasını söyledim. Ancak Warwick kendisine verilen talimatları hatırlama konusunda pek başarılı değil. Chelsea de tüm zamanımı evde ona hizmet ederek geçirmem gerektiğini düşünüyor."

"Laura senin yılın annesi olduğunu düşünüyor oysa," dedi Ruth. "Bunu bana kaç kez söyledi. 'Ah anne, neden sen de Chelsea'nin annesine benzemiyorsun?' Senin pek çok üstün özelliğin bende yokmuş; sen tam çağımızın insanıymışsın, bense çağ dışı kalmışım; sen hayatın anlamını biliyormuşsun, bense hiçbir şey bilmiyormuşum; daha sayayım mı?"

Bayan Farrant kahveleri tazeliyordu. "Şimdi bir de başımıza erkek arkadaşlar çıktı," dedi. "Doğrusu bu beni çok endişelendiriyor."

'Seni her şey endişelendiriyor zaten,' dedi Ginny kendi kendine ve tatlı tatlı gülümsedi.

"Bu konu çoktandır var," diyerek söze girdi Bayan Turnbull. "Laura geçen dönem Duncan Nisbet'e âşık olmuştu, ama sonra vazgeçti. Ondan sonra birini bulup bulmadığını merak ediyorum."

"Chelsea dev diskoda Rob adında bir gençle tanışmış. Çocuk onuncu sınıftaymış," dedi Ginny.

"Onu tanıyorum. Jon'un yakın arkadaşı," diye karşılık verdi Bayan Joseph. "İlkokulda aynı sınıftaydılar."

Ginny ekledi. "Hoş bir çocuk. Gazeteci olmak istiyormuş. Sürekli telefon edip bana gazetecilikle ilgili bir şeyler soruyor. Ben de olabildiğince yardımcı olmaya çalışıyorum."

Ruth, "Demek kızının erkek arkadaşını çalıyorsun?" diyerek takıldı ona.

"Chelsea onu erkek arkadaşı olarak görmüyor. Hayır, öyle gördüğünü sanmıyorum. Hiç böyle bir şey söylemedi. Rob da onunla ilgileniyor gibi... Yok yok, sanmam. Bunu hiç düşünmemiştim. Diskoda tanışmışlar, sonra Rob benim Chelsea'nin annesi olduğumu öğrenmiş. Ah, Tanrım! Chelsea, Rob zamanını benimle geçiriyor diye öfkelenmiş olabilir mi? Onun bütün ilgisinin kendisine yönelmesini mi istiyordu acaba?"

Kimse bir şey söylemedi.

Ginny düşünmeye başlamıştı.

"Sumitha'nın erkek arkadaşı yok," dedi Chitrita. "Babası buna izin vermez."

'İzin verip vermemesi neyi değiştirir ki?' diye düşündüler diğer anneler aynı anda.

"Ama Jon'la pek sıkı fıkıydı..." diye söze başladı Claire.

"Tanrım, saat kaç olmuş!" diyerek ayağa fırladı Ruth. "Gitmek zorundayım."

"Jon mu?" dedi Chitrita, şaşırmıştı.

"Evet, Anona'nın oğlu. Onun arkadaşı olduğunu söyledi..." Claire tereddüt ederek konuşmuştu; çünkü Bayan Joseph ve Bayan Banerji şaşkın şaşkın birbirlerine bakıyorlardı.

Ruth, Sumitha'nın babasının, kızının bir erkek arkadaşının olduğunu öğrendiğinde nasıl bir tepki vereceğini düşündü. Çok kötü şeyler yaşanabilirdi.

"Ay, olamaz, çok üzgünüm Claire!" diye bağırdı Ruth, elindeki kahve fincanı arkadaşının kucağına düşerken.

Birden elbirliğiyle ortalığı temizlemeye kalkışınca, disko konusu unutuldu gitti.

Bayan Banerji ne kızmış ne de endişelenmişti. Nasıl olsa bir gün Sumitha'nın erkek arkadaşı olacaktı. Hem Sumitha son derece duyarlı ve aklı başında bir kızdı. Ama kocasının buna çok sert bir şekilde karşı çıkacağını biliyordu. Bu yüzden, o gün duyduklarını unutmaya karar verdi.

Claire Farrant elinde nemli bir bezle dolaşıp duruyordu.

Ruth, Claire'in lekelenen kadifesine suçlu gözlerle baktı. Ona rahatsızlık vermeyi hiç istememişlerdi!

JEMMA ALIŞVERİŞE ÇIKIYOR

Jemma Perşembe günü okuldan döndüğünde, annesi onu karşısına oturttu ve "Söyle bakalım, ne tür giysiler giymek istiyorsun?" diye sordu. Sonra ekledi. "Tabii bunları alacağımı söylemiyorum."

Jemma yutkundu. "Şey," dedi yumuşacık bir sesle, "bir mini eteğim olsa harika olurdu. Sonra dar bir pantolon. Saten bir gömlek. Kırklı yıllardan kalma bir ceket. Kadife bir mont..."

Annesi içini çekti. "Ah tatlım, bilmiyorum... Gerçi neredeyse on dört yaşındasın."

"Evet, on dört yaşındayım. Ben de sana ne zamandır bunu anlatmaya çalışıyorum."

"Tamam, tamam," dedi annesi; yeni bir tartışmaya girmek istemiyordu. "Bak ne diyeceğim. İstersen kendine yeni giysiler alabilirsin. Cumartesi günü alışverişe çıkarsın."

"Anne! Bu harika olur! Peki Laura veya Sumitha ile beraber gidebilir miyim? Kimse annesiyle alışverişe çıkmıyor da."

"Faturaları da arkadaşların mı ödeyecek?"

"Hayır, ama..."

Bayan Farrant içini çekti. İçinden ona kadar saydı. "Peki. Kızlarla birlikte gider, giysileri seçersin. Ben de daha sonra sizinle buluşur, parayı öderim."

Jemma koşup annesine sarıldı. "Teşekkürler, anne. Şimdi gidip kızları arayayım."

"Onlarla yarın görüşeceksin nasıl olsa," diye seslendi annesi.

Ama Jemma numaraları çevirmeye başlamıştı bile.

BOL BOL ALIŞVERİŞ

Jemma telefon edip birlikte alışverişe çıkmayı önerince, Sumitha çok sevindi. Cesaretini toplamış ve babasının iyi bir gününde saçlarını kestirmeye karar vermişti. Bunu yapmak zorundaydı. Jemma'nın yanında olması, ona manevi destek verecekti.

Ertesi gün, Jemma Chelsea ve Laura'ya da alışverişe gitmeyi teklif etti. Aslında yanında çok ince ve çok güzel olmayan birinin de olmasını istiyordu. Laura bunun için çok uygundu. Ancak Laura huysuzluk etti ve Sumitha gidiyorsa kendisinin gitmeyeceğini söyledi. Jemma ise kendinden hiç beklenmeyen bir şey yaptı ve öfkeden kendini kaybetti.

"Kendine gel, Laura!" diye bağırdı. "Cumartesiden beri ikinizi de aramayan bir çocuk için arkadaşlarını kırıyorsun. Hangisi daha önemli? Arkadaşların mı, yoksa bir daha konuşup konuşmayacağını bile bilmediğin bir oğlan mı?"

Laura afallamıştı. Doğrusunu söylemek gerekirse, kalbi kırık tarafı oynamaktan da sıkılmıştı zaten.

Laura ve Sumitha barışıp, bir daha Jon'un adını bile anmamaya karar verince, Chelsea, "Vay be, Jemma, sen neymişsin!" dedi hayran hayran.

Jemma ve Sumitha alışverişlerini keyifle tamamladılar. Jemma, aldıklarını görünce annesinin nasıl bir tepki göstereceğini merak ediyordu doğrusu.

Chelsea'nin bir önerisi vardı. "Annene önce hiç olmayacak, abartılı giysiler göster. Bunlardan gözü korkunca, senin aldıklarını öpüp başına koyacaktır," dedi.

Sumitha ise kendine üç çift sallantılı küpe almıştı. Şimdi bir an önce saçlarını kestirmek için sabırsızlanıyordu. Hep birlikte kuaföre gittiler ve Sumitha'nın ipek gibi, simsiyah saçlarının yerde bir yığın oluşturmasını izlediler.

Bir saat sonra, Sumitha tanınmayacak hale gelmişti. Yüzü ve boynu iyice ortaya çıkmıştı. Aynaya bakınca ağlamaya başladı.

"Ben saçlarımı istiyorum! Kısa saçtan nefret ediyorum!"

"Bence çok güzel görünüyorsun," dedi Chelsea.

Laura da "Gerçekten çok yakıştı," diyerek arkadaşını destekledi. Jon'un, eski gür saçları olmadan Sumitha'yı hiç beğenmeyeceğini düşünüyordu.

"Keşke benim saçlarım da böyle olsaydı," dedi Jemma.

Sumitha'nın sakinleşmesi için iki dilim pasta yiyip bir fincan sıcak çikolata içmesi gerekti. Küpelerinden birini takıp, yakışıklı bir oğlanın beğeni dolu bakışlarını fark edene kadar da tam olarak sakinleşememişti. Sonra birden düşündü. Belki Jon onu bu haliyle daha çok beğenirdi.

"Bakalım evde nasıl bir kıyamet kopacak?" diyerek içini çekti, otobüs durağına doğru yürürken.

Bayan Farrant, sözleştikleri saatte mağazaya gitti. Durmadan kendine, Jemma'nın giysilerini gördüğünde sakin olması gerektiğini hatırlatıyordu.

"BUNLARI GİYEMEZSİN, GİYMEMELİSİN, GİYMEYECEKSİN!" Bayan Farrant öyle bir bağırmıştı ki, tezgâhtarlardan biri elindeki kahve fincanını düşürdü.

"Tamam, anne, sakin ol. Peki bunlara ne dersin?"

Annesi mini etekle bluzlardan birini eline alıp baktı.

"Etek çok kısa, elbisenin rengi çok parlak... Ama olsun. Bunları alabilirsin. Az önce gösterdiğin plastik şeyleri alma da ne yaparsan yap."

"Teşekkürler anne, harikasın," dedi Jemma. Annesi faturayı imzalarken, keyifle gülümsüyordu. Arkadaşlarına zafer işareti yaptı.

"Ah bu çocuklar," dedi Bayan Farrant, ağzındaki kocaman sakızı çiğnemekte zorlanan tezgâhtara dönerek. "Ne kadar çabuk büyüyorlar değil mi? Oysa her şey daha dün gibi."

"Anne, susar mısın?" diye homurdandı Jemma. 'Ne olur, her şeyi mahvetme,' diye geçiriyordu içinden.

Tezgâhtar, sakızını çiğnemeye devam ederek giysileri katlayıp poşete yerleştirmeye başladı.

"Durun bir dakika," dedi Jemma'nın annesi. "Şurada bir defo mu var?"

"Efendim?"

"Bakın, şuradan ip çıkmış."

"Ama görünmüyor ki," dedi tezgâhtar.

"Ama sonuçta bu bir defo, değil mi? Çok kötü, çok. Kızıma böyle ucuz yerlerden alışveriş yapmamasını söylemiştim, ama ne yazık ki beni dinlemedi. Şimdi bana defosuz bir bluz getirebilir misiniz? Yoksa deponuzda yok mu?"

Tezgâhtar kaşlarını kaldırıp sakızını çiğneyerek gitti. Jemma annesine sinir olmuştu. Laura ve Chelsea ise ağızları beş karış açık bir halde bakakalmışlardı.

"Of anne, olay çıkarma," dedi Jemma, sol bacağını sağ bacağına dolayarak; sinirlendiğinde hep böyle yapardı. "Küçücük bir ip çıkmış sadece. Ben dikerim."

"Şuna bir bak." Bayan Farrant gömleği eline aldı. "Düğmelerinden biri eksik."

"İçinde yedek düğme var. Ben dikerim, anne. Ne olur artık parayı öde de gidelim. Olay çıkarmayalım."

"Ben olay çıkarmıyorum, Jemma. Ben hakkımı arıyorum. İki günde lime lime olacak bir şeye para verecek halim yok herhalde."

"Lime lime olmaz, merak etme. Sadece..."

"YETER!"

Tezgâhtar, elinde başka bir etekle geri dönmüştü. "Bu olur mu?" diye sordu.

Bayan Farrant eteği alıp dikkatle inceledi. "Evet, teşekkür ederim, bunda bir sorun yok," dedi. "Bir de şu düğme..."

Tezgâhtar içini çekti. "Ona ne olmuş?"

"Düğme eksik. Aslında doğruca gidip müdürünüzle konuşmam gerekirdi."

Tezgâhtar telaşlanmıştı. "Bir saniye, hanımefendi. Ben gidip yenisini getireyim," dedi.

"ANNE!" Jemma'nın sabrı taşıyordu artık.

Tezgâhtar geri döndü. "Özür dilerim hanımefendi, ne yazık ki başka kalmamış. Ama isterseniz fiyatta indirim yapabilirim."

"Evet, çok iyi olur," dedi Claire.

Laura ve Chelsea çok etkilenmişlerdi. "Annen işini biliyor," diye fısıldadı Laura.

"Evet, kızlar," dedi Claire, "siz bu parayı alıp bir şeyler içmeye gidin. Ben de gidip alışverişimi tamamlayayım. Evde görüşürüz, Jemma."

"Teşekkürler anne, çok teşekkürler." Jemma çok mutluydu.

"Annen çok akıllı bir kadın," dedi Chelsea. "Ben olsam, hiçbir şey söylemeye cesaret edemezdim."

"Ne kadar kendinden emindi, değil mi?" Jemma, annesiyle gurur duyduğunu hissetmişti. "Ben de gidip ona çikolata alayım, teşekkürlerimi göstermek için. Sizinle sonra görüşürüz."

"Acaba yaptırsam mı yaptırmasam mı?" dedi Chelsea birden. Laura'yla birlikte patates kızartması yiyip kola içiyorlardı.

"Neden bahsediyorsun sen?" Laura o sırada aşk hayatını düşünüyordu.

"Burnumu deldirmekten."

"Ciddi değilsin, değil mi?" Chelsea'nin bu fikri onu öylesine şaşırtmıştı ki, bütün romantik düşünceler kafasından uçup gitmişti. "Annen aklını kaçırır. Daha doğrusu, benim annem olsa aklını kaçırırdı. Senin annen çok soğukkanlı, aşırı bir tepki göstereceğini sanmam."

"Herhalde ilk yazısında bunu yazar: 'Chelsea Nasıl

Punkçı Oldu?' Baksana, burnunu deldirdiğinde, nezle olursan ne oluyor?"

"Ne bileyim ben."

"O zaman ben de kulağımı deldiririm."

"Senin kulakların zaten delik."

"Bir daha deldireceğim. Hadi gidelim."

Sumitha arka kapıdan içeri süzüldü. Merdivenleri parmaklarının ucuna basa basa çıktı. O sırada yemek odasından çıkan annesiyle burun buruna geldi.

"Sumitha! Saçların!" diye bağırdı Chitrita.

Sumitha yutkundu.

"Anne, çok üzgünüm, güzel olacağını sanmıştım. Hem babam demişti ki... Yanlarını fazla almasalardı... Ah, anne!" Sumitha yine ağlamaya başlamıştı.

"Sumitha," dedi annesi ona sarılarak, "kısa saçlı olmak istediğini sanıyordum. Ne oldu?"

"Çok aptal görünüyorum," diyerek hıçkırdı Sumitha.

"Bence harika görünüyorsun."

"Gerçekten mi?" Sumitha umutlanmıştı.

"Gerçekten."

"Yani güzel olmuş muyum? Büyümüş müyüm"

"Çok zarif, genç bir hanım olmuşsun."

"Babam kıyameti koparacak!"

"Bak işte bunda haklısın."

HEAVY METAL

"Selam Chelsea! Alışveriş nasıl...? Ah, Tanrım, o da ne?"

"Ne ne?" Chelsea annesine soğukkanlı olduğunu umduğu bir bakış fırlattı.

"Kulakların... Kulaklarına yarım düzine şey takmışsın!" Ginny elleriyle yüzünü örttü.

"Üç küçük küpe ve bir halka taktım," dedi Chelsea.

"Çabuk çıkar onları!"

"Olmaz. Daha yeni taktırdım. Hem neden çıkaracakmışım?"

"Çünkü okul kuralları sadece bir tane küçük küpeye izin veriyor; çünkü böyle çok ucuz ve basit görünüyorsun; çünkü..."

"Ah, demek artık nasıl göründüğüm seni ilgilendiriyor! Genellikle fark etme zahmetine bile girmezsin de. Kendini teşhir etmekle, benim erkek arkadaşımla flört etmekle meşgulsün çünkü! Bu küpeleri çıkarmayacağım!"

"Çıkaracaksın! Hem de hemen şimdi! Yoksa..."

"Yoksa ne ? Ne yaparsın?" diye bağırdı Chelsea. "Köşende benim hakkımda yazı mı yazarsın? Bütün dünyaya Chelsea'nin yine yanlış bir şey yaptığını mı ilan edersin? Bunlar benim kulaklarım ve ben de modaya uymak istiyorum. Anladın mı?" Chelsea söyleyecek başka bir şey bulamadı.

Ginny kalkıp kolunu Chelsea'nin omzuna doladı. "Ah, Chelsea'ciğim, o kadar güzel bir kızsın ki dikkat çekmek için kulağında bu metal yığınını taşımana hiç gerek yok."

Chelsea, annesine baktı. "İlk kez benim güzel olduğumu söylüyorsun," dedi. "Gerçekten güzel miyim ben?"

Ginny oturup, Chelsea'yi de yanına çekti. "Elbette çok güzelsin. Özür dilerim tatlım, senin de güzel olduğunu bilmeye ihtiyaç duyduğunu unutmuşum."

Chelsea hafifçe böbürlenmişti.

"Peki şu flört meselesi ne?" Ginny, diğer annelerle sohbet ettikleri günü hatırlamıştı. "Rob'la çene çalmamı kastetmiyorsun, değil mi?"

"Sen buna çene çalmak mı diyorsun?" diye homurdandı Chelsea. "Onu kendine esir ediyorsun. Bu çok açık."

Annesi kahkahalarla gülme isteğini güçlükle bastırıyordu. "Özür dilerim, tatlım. Hiç böyle düşünmemiştim. Rob, yazar olma konusunda çok hevesli. Bir gencin, sivilceler ya da erkek arkadaşlardan farklı bir konuda fikrimi almak istemesi gururumu okşadı sanırım. Ama onunla flört ettiğimi nasıl düşünebilirsin? O daha yüzü sivilceli bir çocuk!"

"Sivilceli değil," diye atıldı Chelsea. "Yani fazla sivilceli değil."

"Rob'dan çok hoşlanıyorsun, değil mi?"

Chelsea önce omuz silkti, sonra başını salladı.

"O zaman onu kaçırma. Ben yoluna çıkmayacağım,

söz veriyorum," dedi annesi. "Ama ne olur şu metallerden bir an önce kurtul. Sana hiç yakışmıyor." Gülümsedi. "Keşke sana benzeseydim."

Chelsea de gülümsüyordu. "Herkes senin yılın en akıllı annesi olduğunu söylüyor. Giyimine de biraz dikkat etsen?"

"İnsan orta yaşa geldiğinde, saçları kırlaşmaya, yanakları kırışmaya başladığında, kendini Tabiat Ana'yla mücadele etmek zorunda hissediyor. Bazı sabahlar aynaya bakıyorum ve yeniden yirmili yaşlarda olmak istiyorum. Sence bu çok mu tuhaf?"

"Şey," dedi Chelsea, "bazen hiç anneye benzemiyorsun."

"Bak ne diyeceğim. Bu hafta sonu, radyo programından sonra seninle alışverişe çıkalım. Giymemi istediğin, annelere uygun kıyafetleri sen seç. Ben de sana kulağının açık kalacak olan tek deliğine takmak için yeni küpler alayım."

Chelsea gülümsedi. "Anlaştık," dedi. "Ama soyunma odalarında kendini teşhir etmeyeceğine dair söz vermek zorundasın."

"Söz veriyorum."

BELLBOROUGH COURT OKULU
BELLBOROUGH

Sayın Veli,

Okulumuzun veli-öğretmen görüşmeleri 6 Temmuz Perşembe günü saat yedide yapılacaktır. Velilerin, okul ve aile işbirliğini artıran bu toplantıya katılmaları önemle rica olunur. Toplantı ayrıca, çocuğunuzun bir yıl içindeki gelişiminin etkin ve destekleyici bir biçimde gözlemlenmesini de sağlayacaktır.

Lütfen aşağıdaki şıklardan size uygun olanı işaretleyiniz.

Saygılar

Stephen Ellwood

Veli toplantısına katılacağım/katılmayacağım.

Kızım/oğlum toplantıda bana eşlik edecek/etmeyecek.

NASIL ANLATSAM?

Jon, veli toplantısını iple çekiyordu. Bir hafta önce kendi kendine, bu kez mutlaka konuşacağını, ne istediğini açıkça ortaya koyacağını söylemişti; babasının daha fazla üzerine gelmesine izin vermeyecekti. Ama bu geçen haftaydı.

O akşam, Sweaty (yani Bay Ellwood) ile görüşmek üzere babasıyla birlikte sırada beklerken, bütün cesaretini yitirdi. Sweaty'nin, babasının tarafını tutacağını düşünüyordu; öğretmenler hep öyle yapmazlar mıydı zaten? Keşke annesi de orada olsaydı! Ama Bayan Joseph o akşam çalışmak zorundaydı.

Jın babasına güzel sanatlar fakültesine gitmek istediğini söylediğinden beri aralarındaki ilişki iyice gerilmişti. Ancak annesi artık onun arkasındaydı ve onu destekliyordu.

Bayan Joseph, diskoya gittikleri gecenin ertesi sabahı konuyu açmıştı. "Baban senin güzel sanatlar fakültesine gitmek istediğini söyledi. Bana biraz planlarından söz etsene."

Jon oturmuş, derin bir nefes almış ve Bayan Joseph'e, onu hayatta en çok heyecanlandıran şeyin duygularını kâğıda yazı değil de resim şeklinde dökmek olduğunu söylemişti. Her gün çizim yapmanın hayal gücünü nasıl geliştirdiğini anlatmaya çalışmıştı. Jon, çizgi romanlardan hoşlanıyordu; en büyük hayali bir gün bir yerde karikatür çizmekti. Ayrıca kitap kapakları ya da tiyatro dekorları tasarlamaktan da hoşlanıyordu. Ama bu konulardaki yeteneğini geliştirebilmesi için güzel sanatlar fakültesine gitmesi şarttı.

Jon, Sweaty'nin sesiyle kendine geldi.

"İyi akşamlar, Bay Joseph... ve Jonathan." Bay Ellwood onlara oturmalarını işaret etti. "Şimdi, bir bakalım. Evet, işte Jonathan'ın dosyası."

"Bakın," dedi Jon'un babası, öğretmenin bir şey söylemesine fırsat bırakmadan, "oğlum güzel sanatlar fakültesine gitmeyi kafasına koymuş. Öyle görünüyor ki, kafasının içi bu tür saçmalıklarla dolu. Belki siz onu ikna edebilirsiniz. Ben bunu yapamadım da..."

"Bence çok iyi bir fikir," dedi Bay Ellwood. "Bence oğlunuz resim konusunda son derece yetenekli. Bakın, bütün bir yıl boyunca A almış. Şu tasarımı da okul dergisinin kapağı olarak kullanılmış. Onun resim ve tasarım konusuna zaman ayırmasını gerçekten çok isterim."

"Ama Jon Cambridge'e gitmeyi hedefliyor."

"Jon?" Bay Ellwod yüzünde şaşkın bir ifadeyle baktı.

"Ben üniversiteye gitmek istemiyorum; bu babamın fikri," diye homurdandı Jon. Kalbi deli gibi çarpıyordu.

Bay Ellwood içini çekti. Oğlunu Cambridge'de hayal

etmekle bu adamın eline ne geçiyordu acaba? Jon akademik açıdan buna yatkın değildi ki.

"Bakın Bay Joseph, dürüst olmak gerekirse, Jon Cambridge'e gidecek standartlarda bir öğrenci değil. Ama resim söz konusu olunca..."

"O zaman onu Cambridge standartlarına ulaştırmak sizin göreviniz, yanılıyor muyum yoksa? Neden buraya avuç dolusu para döküyorum ben? Oğlum uyduruk bir resim okuluna gitsin diye mi? Madem resim okuluna gidecekti, herkes gibi devlet okulunda okusaydı o zaman!"

"Bunun için neler vermezdim!" Jon sesini duyunca kendi de şaşırdı.

"Jon!" diye haykırdı babası.

Neredeyse bütün okul dönüp Bay Joseph'e baktı. Jon bakışlarını önüne eğdi. Keşke yer yarılsaydı da babası içine girseydi!

"Bay Joseph," dedi Bay Ellwood, içinden ona kadar sayıyordu. "Jon, resim dünyasında büyük ilerleme kaydedebilir. Bu okulda da resim derslerinde çok başarılı zaten. Ama resim konusunda tam bir eğitim alırsa, varolan potansiyelini çok daha iyi değerlendirebilir. Bellborough ona bu eğitimi verebilecek bir okul değil."

"Bu çok saçma. "Bay Joseph öfkeden kıpkırmızı olmuştu. Ayağa kalktı, tam dönüp Jon'a gitmeleri gerektiğini söyleyecekti ki, Jon'un çoktan gitmiş olduğunu fark etti.

"Durun size bir şey göstereyim, Bay Joseph," dedi Bay Ellwood.

JON'UN BABASI İKNA OLUYOR

Jon çimenlerin üzerine oturmuştu, kendini çok kötü hissediyordu. Sweaty onun resim konusunda ne kadar başarılı olduğundan söz edince umutlanmıştı. Ama babası her zamanki inadını sürdürmüş ve düşüncelerinde ısrar etmişlerdi. Bu yüzden de hiçbir yere varamamışlardı tabii.

Jon çok akıllı olmadığını biliyordu. Tamam, okulda başarısız değildi, ama bunu çok fazla çalışmasına borçluydu. Onun istediği tek şey resim ve tasarım yapmaktı.

Sumitha'nın söylediklerini düşündü. "Sen kafana koyduğunu yap. Nasıl olsa sonunda kabul edeceklerdir." Birkaç gün boyunca ona inanmıştı. Ama şimdi inanmıyordu. Sumitha yanılmıştı işte. Bir ara da annesinin babasıyla konuşacağını düşünmüştü. Keşke biraz daha cesur olsaydı; hani şu bisikletinden düşmesine neden olduğu kız kadar hiç değilse? 'O olsaydı,' diye düşündü gülümseyerek, kızın kendisini Billing Hill'in ortasında bir güzel paylamasını hatırlamıştı, 'mutlaka sonuna kadar savaşır, sonunda da istediğini elde ederdi.'

"Hadi Jon, gidiyoruz." Jon onun sakinleşmiş göründüğünü düşündü. Sessizlik içinde arabalarına yürüdüler.

Arabaya bindiklerinde babası şöyle bir öksürdü, sonra dönüp Jon'a baktı, sonra yine öksürdü. "Bana okul dergisinin kapağından hiç söz etmemiştin," dedi.

"Buna gerek görmedim," diye karşılık verdi Jon. "Ne de olsa dergi kapakları Cambridge'e girmeyi sağlamıyor. Bu yüzden ilgilenmeyeceğini düşündüm."

"Bay Ellwood bana dergiyi gösterdi. Gerçekten çok güzel olmuş." Bay Joseph hafifçe gülümsedi.

"Teşekkürler."

"Bana senin çizmiş olduğun politikacı karikatürlerinden bazılarını da gösterdi. Okulda oynanan piyesin dekorlarını da sen tasarlamışsın. Harikaymış. Bak, şey... Bence çok yanlış bir karar veriyorsun. Hatta aklını kaçırmış olduğunu bile düşünüyorum. Ama madem resim eğitimi görmeyi çok istiyorsun, seni engelleyemem."

"Gerçekten mi? Yani, kimyadan vazgeçip..."

"Dur, dur bakalım. Şimdi bak, ben bir yıl içinde köprünün altından çok sular akacağını ve resim eğitimi görerek aklını ve zamanını boş yere harcadığının kafana dank edeceğini düşünüyorum. Çünkü sen çok zeki bir çocuksun. Ama madem sen Lee Hill' e gidip resim dersleri almak istiyorsun ve madem annen de senin haklı olduğunu düşünüyor, o zaman ben de bunu kabul ediyorum."

"Baba, bu harika!"

"Ancak bir şartla. Yine derslerine çok çalışacak ve sınavlara hazırlanacaksın. Zihnini açık tutmaya çalışacaksın."

"Peki baba. Çok teşekkürler. Şey, seni hayal kırıklığına uğrattığımı biliyorum."

Babası yine öksürdü. "hayır, hayır, hayal kırıklığına uğramadım. Senin çizimlerini görünce çok gururlandım. Bu yeteneğini kimden aldın acaba? Benim çizimi hiç iyi değildir. Arkadaşlarım günün birinde senin karikatürlerini en ünlü gazetelerde görünce ne diyecekler acaba?"

LEE HILL LİSESİ
ESTON WAY
LEEHAMPTON

Dokuzuncu ve Onuncu Sınıflar İçin Veli Toplantısı

7 Temmuz Cuma günü saat yedide yapılacak olan veli toplantısına tüm velileri bekliyoruz. Bu toplantı yalnızca anne babalar, eğitimciler ve öğrenciler içindir. Kardeşlerin toplantıya gelmemeleri önemle rica olunur.

Toplantıdan sonra çay ve hafif yiyecek servisi yapılacaktır.

Rachel Hopkirk

Yönetici

GİYSİ PROBLEMİ

Ginny'nin canı şu veli toplantısına gitmeyi hiç istemiyordu. Warwick Enodonezya'ya gittiğinden beri ondan hiç haber alamamıştı ve çok endişeleniyordu. Belki de o akşam arardı; ama Ginny toplantıya giderse onunla konuşamayacaktı. Daha da kötüsü, o giyinirken, Chelsea etrafında dolaşıp duruyordu.

"Anne, eğer onu giyersen ben gelmem."

Ginny içini çekti.

"Anne, söylediğimi duydun mu?" diye tekrarladı, Chelsea.

"Of, Chelsea, derdin ne senin? Bu takımın nesi var?"

"Anneler kısa etek giymezler. Yani normal anneler demek istiyorum. Bacağının arkasında varis olanlar özellikle..."

"Ah, Tanrım, hani nerede?"

"Belli belirsiz, hemen fark edilmiyor," dedi Chelsea. "Ama lütfen anne, şunu çıkar ve doğru dürüst bir etek giy. Lütfen. Hatırım için."

Çocuğunun eziyetlerine maruz kalan tek anne Ginny değildi. Jemma da annesine yeşil çizgili eteğini çıkarttırmış; onu en güzel krem rengi takımını giymeye zorlamıştı. Laura da annesine asla bahsetmemesi gereken konuları hatırlatıyordu.

"Beni utandıracak hiçbir şey söyleme, tamam mı?" dedi. "Melvyn'den, babamdan, Betsy'den ve bu evden sakın bahsetme..."

"Laura, ben okula senin durumunu konuşmak için gidiyorum. Senin yeteneklerini, matematik, Fransızca ya da tarih derslerindeki durumunu konuşacağız; özel meselelerimizi değil. Hem unutma, herkesin önünde kirli çamaşırlarımızı ortaya döken ben değilim."

"Sürekli geçmişi hatırlatıp hatalarımı yüzüme vurmak zorunda mısın? Orada olabildiğince az konuş, tamam mı?" Laura bunu emreder gibi söylemişti.

"Anne," dedi Sumitha. "Babam veli toplantısında olay çıkarmaz, değil mi?"

"Neden çıkarsın ki?" diye sordu annesi.

"Saçlarım yüzünden hâlâ çok kızgın. Okulda bir şey söylerse..."

"Elbette bir şey söylemez. Saçlarını öğretmenlerin kesmedi ya!"

"Hayır, ama... Onun disiplinden, İngiliz çocuklarından filan bahsetmesini istemiyorum."

"Sumitha," dedi annesi," baban sorun çıkarmayacak. Bana güven."

"Teşekkürler, anne."

Bayan Banerji bundan emin olmayı ne kadar isterdi!

ANNELER 2 ÖĞRETMENLER 0

O akşam, dört kız toplantıdan farklı ruh halleriyle döndüler. Daha doğrusu hepsi şok ve şaşkınlık yaşamışlardı; ama dereceleri farklıydı.

Laura'nın annesi, dört yıldır onlara İngilizce öğretmeye çalışan, ancak insanın İngilizce bildiğinden bile şüphe duyduğu Bayan Hopkirk'in hakkından gelmişti.

Bayan Hopkirk, son aylarda Laura'nın notlarının düştüğünü söylemişti. Ama tabii Laura'yı suçlamamak gerekti. "Ne yazık ki o bir kurban," demişti. "Genç bir hanımın böyle sıkıntılar yaşaması çok üzücü."

Regl dönemi yaklaşan ve kemeri belini çok sıkan Bayan Turnbull "Nasıl sıkıntılarmış bunlar, Bayan Hopkirk?" diye sormuştu.

Bayan Hopkirk Laura'ya acır gibi bakmıştı. "Şey, yani, bu yaşlarda evdeki huzur insanı çok etkiler. Yani eğer bir ebeveyn..."

O anda Ruth'un bütün hormonları harekete geçmiş,

sinirleri ayağa kallkmıştı. "Yani siz Laura'nın notlarının benim yüzümden düştüğünü mü söylemeye çalışıyorsunuz? Onun dilbilgisi konusundaki standartlarını ben mi belirliyorum? Onun ev ödevlerini ben mi yazıyorum? Sınavlara yeterince hazırlanmaması benim suçum mu? Böyle giderse, uluslararası gerginliğin artmasından, fiyatların sürekli yükselmesinden de beni sorumlu tutacaksınız herhalde?"

"Anne," diye fısldadı Laura.

"Beni yanlış anladınız, Bayan Turnbull! Ben sadece Laura'nın anne babasından birini kaybetmiş olmasının..."

"Şimdi beni dinleyin, Bayan Hopkirk. Laura anne babasından birini kaybetmedi. Sadece birinden geçici olarak ayrıldı. Laura'nın babası yaşıyor ve ikisi sürekli görüşüyorlar."

"Şey, evet, fakat..."

"Fakat ne? Laura harika bir çocuk. Her zaman elinden gelen gayreti gösteriyor. Ben de babası da onu çok seviyoruz. Biz gerçek bir aileyiz. Notlarının düşmesi, sizin derslerinizin yeterince verimli geçmemesine bağlı olmaz mı? Ya da belki Laura da ev ödevlerine on dakika, telefon konuşmalarına üç saat ayıran tipik gençlerden biridir? Sorun her neyse, Laura ve ben mutlaka bulacağız. Tabii babasıyla birlikte. Ama bunu yaparken sizin kafanızdan uydurduğunuz bahaneleri dikkate almayacağız. İyi akşamlar."

Laura'nın ağzı bir karış açık kalmıştı

Bayan Hopkirk'in eli ayağı titremeye başlamıştı. İki Andin alıp bir fincan sıcak çay içtikten sonra, gazetede aklı başında yazılar yazan tatlı Bayan Gee'yi beklemeye başladı. Neyin ne olduğunu anlayabilen bir anne vardı hiç değilse.

"Sizin gibi bir annesi olduğu halde, Chelsea'nin İngilizcede çok zayıf kalması şaşırtıcı, Bayan Gee," diye söze başladı.

"Bayan Hopkirk, benim kızım kendi başına bir birey. Benim karbon kopyam değil, öyle olmasını da istemem zaten. Chelsea bilimle yakından ilgileniyor, annesi gibi kan görünce düşüp bayılmıyor, matematik problemlerini akıldan çözebiliyor ve zaten böyle bir eğitim almak istiyor. Ben bilimle ilgilenen birinin mutlaka Charles Dickens'ın zaman kiplerini nasıl kullandığını bilmek zorunda olmadığına inanıyorum. İyi akşamlar."

Bayan Hopkirk sinirlerini yatıştırmak için bir fincan daha çay içip lavanta yağı kokladı. Bugünün anneleri hiçbir şeyden anlamıyorlardı canım!

"Jemma dil öğrenmeye çok yatkın," dedi Bay Horage, Almanca ve Fransızca ödevlerinin bulunduğu dosyaya bakarak. Bir yandan da Bayan Farrant'ın toplantıya neden düğüne gider gibi giyinip geldiğini merak ediyordu. "Gerçekten çok iyi."

Jemma gülümsedi. Bayan Farrant da çok etkilenmiş görünüyordu.

"Tabii Paris gezisi Jemma açısından çok yararlı olacaktır," diye ekledi Bay Horage.

Jemma yutkundu. Bayan Farrant, "Paris mi?" dedi, sanki Arapça bir kelimeyi tercüme ediyormuş gibi.

"Anneme henüz söylememiştim," dedi Jemma.
"Bana neyi söylememiştin? dedi Claire.

PARİS'E OKUL GEZİSİ

Yaz tatilinin ilk haftasında Bay Horage, Bayan McConnell ve Bayan Sandell dokuzuncu ve onuncu sınıf öğrencilerini Paris'e götüreceklerdir.
Kalınacak yer okulumuz tarafından ayarlanacaktır. Öğrencilerin dil aktivitelerine katılmaları, çevreyi gezmeleri, alışveriş yapmaları ve Fransız ailelerle kendi evlerinde zaman geçirmeleri sağlanacaktır.
Bu gezi için 227 dolar ödemek gerekmektedir.

Saygılarımızla

Jeremiah Horage

Fransızca Bölüm Başkanı

"Şey bilmiyorum," diye mırıldandı Claire. "Daha çok küçükler ve..."
"Anne, lütfeeen!"
"Jemma ve siz bunu aranızda tartışırsınız," dedi Bay Horage. "Ancak ben şunu söyleyebilirim. Jemma dil konusunda çok yetenekli Bu kadar yetenekli olduğu bir dili yerinde duyması, konuşması açısından çok iyi olacaktır." Tam bir öğretmen gibi konuşmuştu.
"Jemma için neyin iyi olacağına ben karar verebilirim, Bay Horage," dedi Claire.
"Annneee!" diye tısladı Jemma.

Sumitha, annesiyle babasının arasında sandviç olmuştu adeta. Saçlarını kestirdiğinden beri, babası onunla doğru dürüst konuşmuyordu.

Sumitha, hiç değilse öğretmenlerin kendisi hakkında güzel bir şeyler söylemeleri için dua ediyordu.

"Sumitha'nın durumu nasıl?" diye sordu Rajiv.

"Çok iyi," diye karşılık verdi Bay Ellwood. "Genelde çok iyi. Ama tiyatro, dans ve müziğe karşı özel bir yeteneği var. Herhalde bunu siz de biliyorsunuzdur."

Rajiv başını salladı.

"Bana haberci olmak istediğini söyledi," diye devam etti Bay Ellwood. "Bir gün onu sabah haberlerini sunarken görürseniz, ne kadar gururlanırsınız, değil mi?"

"Küçüklüğünden beri göz önünde olmayı sevmiştir hep," dedi Chitrita.

"Önümüzdeki dönem okul tiyatrosunda görev alacaksın, değil mi Sumitha?"

"Okul tiyatrosu mu?" Rajiv şaşırmıştı.

"Evet. Saçlarını kestirdiğinden beri, Sumitha'nın başrole çok uygun olduğunu düşünüyoruz."

Rajiv öksürdü.

"Peki Sumitha'nın hal ve hareketleri nasıl?" diye sordu. "Terbiyeli davranıyor mu?"

Bu kez Bay Ellwood şaşırmış görünüyordu. "Sumitha'nın hal ve hareketleri mi? Sumitha çok sevimli, yardımsever, iyi niyetli ve kararlı bir kız. Hayattan ne istediğini biliyor. Ben onun bu isteklerini elde edeceğinden eminim. Hiç kimse Sumitha Banerji'yi kafasına koyduğu bir şeyi yapmaktan alıkoyamaz. Bu da günümüzde büyük bir artı doğrusu."

"Tabii," dedi Rajiv Banerji düşünceli düşünceli, "bence de öyle."

İLERLEME KAYDEDİLİYOR

"Anne bunu neden yaptın? Neden yine bebekmişim gibi davrandın?"

"Jemma, anlamıyorsun. Her gün gazetelerde yabancı ülkelere giden öğrenciler hakkında bir sürü şey okuyoruz."

"Ama anne, bu geziyi okul organize ediyor. Yanımızda öğretmenlerimiz olacak. Bunu çok istiyorum. Lütfen..."

"Şey belki..."

"Babama sor, o izin verir belki."

Bayan Farrant bir an düşündü. Kocası ne demişti? "Fazla üzerine gidersen onu kaybedersin." Tabii ki bunu hiç istemezdi.

"Anne, ne olur?"

"Bunu düşüneceğim," diyerek içini çekti Claire. "Söz veriyorum."

"Teşekkürler," dedi Jemma ve hemen dua etmeye koyuldu.

"Anne, gerçekten harikaydın," dedi Laura eve dönerlerken. "İhtiyar Hoppy'ye haddini iyi bildirdin. Anne, bunu söylerken ciddi miydin?"

"Neyi söylerken?"

"Senin ve babamın beni çok sevdiğinizi..."

"Elbette ciddiydim. Bilmiyor musun sanki? Bundan nasıl şüphe edersin?" Annesi şefkatle onun saçını okşadı.

"Babam beni hâlâ seviyor mu? Artık iki yeni çocuğu var da."

"Deli misin? Tabii ki seviyor. Sen onun öz çocuğusun. Hiç kimse senin yerini tutamaz."

"Sen de beni hâlâ seviyor musun?" diye ısrar etti Laura. "Artık hayatında Melvyn olduğu halde? Onun hakkında ileri geri konuştuğum halde mi? Canım istemediği zaman ev ödevlerimi yapmadığım halde mi?"

"Demek bunu kabul ediyorsun?" Ruth gülümsedi. "Laura, hayatın boyunca bir daha eline kalem almasan da ben yine seni severim. Hem sen günün birinde dünyanın en büyük romancısı olacaksın, unuttun mu?"

"Umarım olurum," dedi Laura. "Hayatımdaki bu çalkantıların beni bir yazar olarak fazlasıyla besleyeceğini umuyorum!"

Ginny Gee arabayı garaja park etti.

"Harikaydın, anne," dedi Chelsea. "İhtiyar Hoppy ile öyle konuşmaya nasıl cesaret ettin?"

"Hiç zor olmadı," diye karşılık verdi Ginny. ""Ben yazar olduğum için sizin de İngilizcede harikalar yaratmanızı bekleyen insanlara sinir oluyorum. Aynı sorunları Geneva ve Warwick'te de yaşamıştım ve o zaman da deliye dönmüştüm. Ama seni utandırdıysam, özür dilerim."

"Bu kez utandırmadın," dedi Chelsea.

Sumitha arabada oynayacağı başrolü düşünüyordu. Birden babası, "Bu akşam seninle gurur duydum," dedi.

Sumitha yutkundu. "Teşekkürler, baba."

"Okulda sergilenecek oyunu dört gözle bekleyeceğim. Bana bir sürü bilet almak zorunda kalacaksın. Hastanedeki bütün arkadaşlarımı davet edeceğim. Bu arada, unutmadan söyleyeyim. Saçların çok güzel olmuş, harika görünüyorsun."

Sumitha konuşamayacak kadar mutluydu.

Ertesi gün Jemma annesiyle birlikte istasyonda büyükannesinin gelmesini bekliyordu. Büyükanne sonunda Jemma'nın mektubuna cevap vermiş ve arkadaşlarıyla birlikte İskoçya'ya gitmeden önce onlarda kalacağını söylemişti. Jemma çok mutluydu. Fransa'ya gitmesi konusunda annesini ikna edecek biri varsa, o da büyükannesiydi. Jemma babasına bu geziden söz ettiğinde, Ba Farrant, "Çok güzel, tatlım," gibisinden bir şeyler gevelemiş,, sonra gazetesini okumaya devam etmişti.

"Yani gidebilir miyim?" diye sormuştu Jemma.

"Anneni ikna edebilirsen tabii. Bence gitmende bir sakınca yok."

Bu durumda büyükannesinin annesini ikna etmesi gerekiyordu.

"Bak, işte orada!" diye bağırdı Bayan Farrant. "Tanrım, şunun haline bakar mısın?"

Jemma'nın büyükannesi giyimine hiç özen göstermez,

dolapta ne bulursa üzerine geçiriverirdi. O gün de pembe çizgili pantolon, parlak kırmızı bir kazak ve yemyeşil bir şapka giymişti.

"Canlarım, sizi görmek ne güzel! Ah, kuzucuklarım da buradaymış!" Arkada kavga eden Sam ve ikizleri gösteriyordu.

Birden büyükanne ıslık çalıp birine el sallamaya başladı.

"Anne, ne yapıyorsun sen?" diye bağırdı Bayan Farrant.

"Şuradaki adamla trende tanıştık. Onunla vedalaşıyorum."

"Anne, bütün insanlar bize bakıyor!"

Jemma hayatının en güzel akşamını geçirdi. O akşam hepsi birlikte yemeğe çıktılar; tabii Sam'i ve ikizleri evde bırakmışlardı. Annesi iki, babası da üç kadeh şarap içip keyiflenince, Jemma konuyu açmanın zamanının geldiğini düşündü.

"Büyükanne, biliyor musun, okul Paris'e gezi düzenledi."

"Paris'e mi?" diye bağırdı büyükannesi. "Bu harika! Paris'e bayılırım. Ne zaman gidiyorsun?"

"Şey, annem henüz gitmeme izin vermedi."

"İyi de neden Claire? Bu Jemma için harika bir fırsat. Müzeler, saraylar, ışıl ışıl geceler, harika yemekler..."

"Sorun şu..."

"Para değil mi? Jemma, masraflarını ben karşılayacağım. Bu senin doğum günü ve Noel hediyen olacak. Annen endişelenmekte haklı. Sam'in ve ikizlerin de bir sürü masrafı var. Ah, tatlım, tereyağlı sosta kurbağa bacağını mutlaka denemelisin! Sabahları da çikolatalı küçük kurabiyelerden yemeyi sakın unutma!"

"Anne, sorun para değil," diye söze başladı Claire. Kocasına baktı. Bay Farrant ona konuyu kapatmasını söyleyen bir bakış fırlattı. Bu durumda Claire'e gözlerini üzgün üzgün boş şarap şişesine dikmekten başka yapacak bir şey kalmamıştı.

"Bana teşekkür etme," dedi büyükanne. "Bunu severek yapıyorum. Evet, çay isteyen var mı?"

YIKILAN HAYALLER KIRILAN UMUTLAR

Laura bulutların üzerinde dolaşıyor gibiydi. Babası telefon edip Betsy'nin çocuklarla birlikte annesini ziyarete gittiğini söylemişti. Laura hafta sonunu onunla geçirebilecekti.

Evin içinde "Canım babam benim," diye şarkı söyleyerek dolaşıyordu Laura.

Babası, "Seni saat onda alırım," dedi telefonda. "Dışarıda yemek yeriz. Sana söyleyecek çok önemli bir şeyim var."

Laura'nın kalbi duracak gibi oldu. Yoksa babası eve mi dönüyordu?

"Annen orada mı?" diye sordu Bay Turnbull.

Evet, diye düşündü Laura, eve dönüyor!

"Hayır, bir iş görüşmesine gitti. Bir okula sekreter mi ne arıyorlarmış." Sesinde bunu hiç onaylamadığını belli eden bir şeyler vardı.

"Onun adına sevindim. Ona, kendisiyle konuşmak istediğimi söylersin. Ona da söylemem gereken bir şey var. Cumartesi görüşürüz."

Laura telefonu kapatıp, kendine sarıldı. Babasıyla iki gün geçirecekti, hem de Betsy'siz. Üstelik babası annesiyle konuşmak istemişti. Demek onu hâlâ seviyordu ve ona verecek bir haberi vardı!

Laura, annesinin arabasının sesini duydu. Koşup kapıyı açtı.

"Selam, anne! Görüşmen nasıl geçti? Kahve ister misin?"

Annesi sıkıntılı görünüyordu. "Kahveye hayır demem," dedi. "İşe alınmadım."

"Şanssızlığa bak," dedi Laura anlayışla. "Ters bir şey mi oldu?"

"Her zamanki şeyler işte. 'Bayan Turnbull, on iki yıldır çalışmıyormuşsunuz. Bilgisayar konusunda da yetkin değilsiniz,' falan filan." İçini çekti. "İlkokullar bile bilgisayara geçmiş. Sanırım kursa gitmem gerekecek."

"Babam telefon etti." Laura annesinin sevinmesini bekliyordu.

"Öyle mi?"

"Sana sevgilerini gönderdi." Laura tam olarak babasının sözcüklerini kullanmamıştı, ama olsun.

"Keşke bunun yerine bir çek gönderseydi! Daha çok işime yarardı." Bayan Turnbull ağlamak üzereydi.

"Beni hafta sonu evine davet etti. Dışarıda yemek yiyecekmişiz." Laura ne yapacağını bilmiyordu.

"Tamam, tatlım, sana dışarıda yemek yedirecek paramın olmadığını yüzüme vurmana gerek yok," dedi annesi. "Umarım iyi vakit geçirirsin. Ama neden geçirmeyecekmişsin ki? Benden kurtulduğuna göre?"

"Anne, ben öyle demek istemedim. Ben..."

Ama annesi çoktan üst kata çıkmıştı bile.

"Anne, babam geldi!" diye seslendi Laura, cumartesi sabahı.

Ruth aşağı indiğinde huzursuz görünüyordu. "Selam, Peter!"

"Selam. Şey, bu arada, bunu sana aldım."

'Yaşasın,' diye düşündü Laura. 'Babam anneme romantik bir hediye almış.' Odadan çıkıp onları yalnız bırakmaya karar verdi; bu büyük birleşme konusunda baş başa konuşmak isteyecekleri şeyler vardı mutlaka.

On dakika sonra, dayanamayıp aşağı indi. Annesi koltukta oturmuş, tatlı tatlı konuşuyordu. Babası da gülüyordu.

İşler düzeliyordu galiba. Babası her an eve dönebilirdi.

"Evet, hazır mısın bakalım?" diye sordu babası.

Herhalde ona sürpriz yapmak istiyorlardı. Madem öyle, o da hiçbir şey sormayacaktı.

"Evet, baba," dedi. Aslında annesinin de gelebileceğini düşünmüştü. İkisi bu kadar iyi anlaştıklarına göre, annesinin evde kalmasına gerek yoktu. "Belki de babam haberi bana tek başına vermek istiyordur," dedi kendi kendine. Bunu onun ağzından duymak için sabırsızlanıyordu.

"Yemek harikaydı baba." Laura tabağındaki her şeyi silip süpürmüştü. Üzerine de çikolata soslu kocaman dondurmayı mideye indirmişti.

"Güzel, iştahının hâlâ yerinde olmasına sevindim.Şimdi, sana bir sürprizim var."

İşte vakit gelmişti.

"Biz tatile gidiyoruz ve senin de bizimle birlikte gelmeni istiyoruz," dedi babası, kahvesini karıştırırken.

'Harika,' diye düşündü Laura. "Yeniden ailece tatile çıkacağız. Sadece üçümüz. Her şey eskisi gibi olacak."

"Ah baba, bu harika bir şey," dedi. Neredeyse sevinçinden ağlayacaktı.

"Bunun çok özel bir tatil olmasını istedik. Senin Cornwall'ı çok sevdiğini biliyorum. Ama biz daha uzak bir yere gitmek istiyorduk. Bu yüzden Brittany'ye gidelim dedik."

"Brittany mi? Fransa'ya mı yani?"

Babası güldü. "Evet, haritaya son baktığımda Fransa'-daydı."

"Baba, inanamıyorum!"

"Bu bizimle geleceksin anlamına mı geliyor?"

"Evet, evet, evet!" Laura bağırıyordu.

"Çok sevindim," dedi babası onun elini tutarak. "Betsy de çok sevinecek. Seni daha yakından tanımayı o da çok istiyordu."

Laura'nın gülümsemesi yüzünde dondu.

"Betsy mi?" dedi, fısıltı gibi bir sesle.

"Evet, seni yakından tanıma fırsatı bulamadığından yakınıyordu. Bu durumda iki hafta boyunca bol bol birlikte olacaksınız."

"Ama ben düşünmüştüm ki.. Yani tatile onunla birlikte mi gideceğiz?"

"Tabii ki. Onu bırakıp gidemem herhalde, değil mi?" Babası sinirli sinirli güldü.

Laura birden kendini çok kötü hissetti. Tam her şey düzeliyor derken, her şeyin eskisi gibi olmasını umarken ne olmuştu böyle? Fırlayıp kalktı masadan.

"Bence bu çok yanlış!" diye bağırdı. "Tatile benimle ve annemle birlikte gitmelisin, çünkü biz bir aileyiz. O koca burunlu inek ve sümüklü çocukları senin ailen değil!" Ağlamaya başlamıştı. "Annem senin beni sevdiğini söylemişti. Ama sen beni sevmiyorsun, eğer sevseydin, ait olduğun yere, ailenin yanına dönerdin. Senden nefret ediyorum!" Koşarak restorandan çıktı.

Babası, kendisine çevrilen on altı çift gözü önemsememeye çalışarak yavaşça kalktı. Hayatında hiç bu kadar utanmamıştı.

"İçeri girsem iyi olur," dedi Peter, Ruth'a.

Yarım saat sonra Laura hayatın o kadar da kötü olmadığını düşünüyordu. Buna karar vermesi o kadar da kolay olmamıştı tabii. Babası onu bir insanın sevmenin başka bir insanı sevmemek anlamına gelmediğine, sevgide böyle hesaplar olmadığına ikna etmişti. Annesi belki yüz kez onun babasıyla dost olmasını istediğini, ayrıca ikisinin ayrılmış olmasının da birbirlerine düşman olmalarını gerektirmediğini tekrarlamıştı. Peter, Laura ve annesinin son zamanlarda maddi sıkıntı çekiyor olmalarından dolayı üzüldüğünü söylemişti. Bu biraz da onun hatasıydı, çünkü onlara daha fazla para verebilmek için evin satılmasını beklemişti, şimdi (ev de satılmıştı zaten).

Madem babası onu Fransa'ya götürmek istiyor, annesi de buna üzülmüyordu (çünkü Ruth tatilini bir arkadaşıyla birlikte Plymouth'ta geçirmeyi planlıyordu, esas Laura ona bu fırsatı vermezse üzülecekti), o da gidecekti o zaman. Tabii odasını kesinlikle Sonia'yla paylaşmayacaktı; bunu herkes kabul etmek zorundaydı. Babası ne düşünürse düşünsün, Betsy ile de fazla samimi olmayacaktı. Ama gidecekti. Ne de olsa Fransa harika bir roman konusu olurdu.

TATİLE ÇIKIYORUZ!

Yıl sonu yaklaşmıştı. Jon sevincinden havalarda uçuyordu. Sınavlar biter bitmez Bellborough'tan ayrılacaktı. Anne ve babasıyla birlikte Lee Hill'e gidip kaydını yaptırmıştı. Babası, okulun hiç de fena görünmediğini söylemişti. Okulun resim bölümü başkanı Bay Leadson'dan da oğluyla özel olarak ilgilenmesini istemişti. Jon'u yine utandırmıştı, ama bu kez haklı bir sebebi vardı en azından!

Asıl sürpriz gece yaşandı. "Bu yaz tatil planlarımızda değişiklik yapalım dedik," dedi babası.

Sözü annesi aldı. "Norfolk'a gitmekten sıkıldık. Küçük bir araştırma yaptık ve şunu bulduk."

Broşürde "Dellfield'de Aktivite Otelleri" yazıyordu.

"Her sabah ve her öğleden sonra bir aktiviteye katılabiliyorsun. Ben mimarlık tarihiyle ilgilenmek istiyorum." Annesinin yüzüne son birkaç aydır bir canlılık gelmişti.

"Ben de bol bol golf oynayacağım," dedi babası. "Senin de seveceğin bir şey var." Broşürün arkasını çevirdi.

"Karikatür Sanatı" yazıyordu. "Dünyaca ünlü karikatür ustasından günde beş saat ders."

"Baba, bu harika, çok teşekkür ederim." Beş gün boyunca başka hiçbir şeyle ilgilenmeden çizim yapmak müthiş olacaktı.

"Hoşuna gitmesine sevindim. Bu süre içinde bu karikatür ustası üzerinde iyi bir etki bırakırsan, kurs bitiminden sonra onu yemeğe davet edebilir ve ..."

"Baba!"

"Affedersin, oğlum."

"Ben de Fransa'ya gidiyorum," dedi Laura okulun son günü çekmecelerini boşaltırken arkadaşlarına.

"Öyle sabırsızlanıyorum ki." Jemma'nın içi kıpır kıpırdı. "Paris'te bir hafta geçireceğim. Kimse ne giyeceğimi, ne yiyeceğimi, ne zaman yatacağımı söylemeyecek."

"Horage'dan başka, tabii," diye hatırlattı Chelsea.

"Annemden iyidir. Gerçi annem de düzelmeye başladı ya." Jemma annesine haksızlık etmek istemiyordu.

"Biz Estepona'ya gidiyoruz," dedi Chelsea. "Yani İspanya'ya," diye eklemek zorunda kaldı arkadaşlarının boş boş baktığını görünce. "Annemden tatil konusunda bir yazı dizisi hazırlamasını istediler. Bunun karşılığında bize ucuz bir tatil ayarladılar."

"Ne kadar şanslısınız," diyerek içini çekti Sumitha. "Ben akrabalarımı görmeye Kalküta'ya gidiyorum. Sürekli Hint filmleri seyretmekten başka bir şey yapamayacağım. Çok sıkıcı olacak!"

Jemma birden, "Bizim bitişiğimizde oturan Jon var ya," dedi. "Hani şu Laura'nın beğendiği çocuk?"

Sumitha irkildi.

"Bence Sumitha da hâlâ ondan hoşlanıyor," diye kıkırdadı Jemma.

Bu kez Laura irkilmişti.

"Her neyse," diye devam etti Jemma, "Jon artık bizim okulda okuyacakmış."

"Ne?" diye bağırdılar Laura ve Sumitha aynı anda. "Burada mı? Lee Hill'de mi?"

"Evet. Annesi anneme söylemiş. Resim ve tasarım dersi almak istiyormuş. İllüstratör ya da karikatürist olacakmış galiba."

"İnanamıyorum!" Laura'nın kalbi deli gibi atıyordu.

Sumitha o anda Laura'nın zehirli bir kurbağa bacağı yemesini ve bir daha İngiltere'ye dönmemesini diledi. Laura da Sumitha'nın akrabalarının onu Kalküta'da kalmaya zorlamasını umuyordu.

"Birbirimize sık sık yazacağız, söz mü?" dedi Jemma.

"Tabii!" diye bağırdılar hep bir ağızdan. Tabii yazacaklardı. Tatilin en kötü tarafı, sonrasında gelen telefon fatıralarıydı ne de olsa.

VE SON!

Chelsea'nin annesi İspanya'da yapacakları tatili öğrendiğinden beri çok neşeliydi.

"Ama yine bütün gün yazacaksın, su sporlarıyla uğraşacaksın. Ben yine senin yüzünü doğru dürüst göremeyeceğim," diye yakındı Barry. Ancak sonra kendini teselli etti. "Neyse, ben de bu arada yeni İspanyol yemekleri öğrenirim."

Ginny'nin bu kadar neşeli olmasının başka nedenleri de vardı. Yılın köşe yazarı olmaya aday gösterilmişti, Warwick Endonezya'dan telefon etmiş ve keyfinin yerinde olduğunu bildirmişti. Geneva da üniversiteden iyi bir dereceyle mezun olmuştu.

"Ben bir parti vermek istiyorum," dedi bir gece Barry'ye, körili tavuk yerlerken. "Ama lütfen bu kadar acı şeyler pişirme."

"Bence partiyi yaz tatilinden önce vermeliyiz." Laura'nın annesiyle telefonda konuşuyordu. "Her şey yoluna girdi. Barry eskisinden çok daha iyi bir iş buldu. Ben artık Chelsea'yle çok daha iyi geçiniyorum, ki bence asıl mucize bu. Sen de gelebilir misin?"

"Seve seve," dedi Ruth. "Benim açımdan da işler düzeliyor. Laura artık hepimizle iyi geçiniyor. Hatta dün bana hiç de fena bir anne olmadığımı söyledi."

Ginny, Banerji'leri, Farrant'ları ve Joseph'leri de partiye davet etti. İşyerinden de birkaç kişi gelecekti. Chelsea ve arkadaşları ise yeni açılan sinemaya gidecekler, gece eve taksiyle döneceklerdi. Ginny uzun zamandır ilk kez bu kadar iyi zaman geçirecekti!

Saat on buçukta Laura, Sumitha ve Jemma Chelsea'lere geldiler. Gece orada kalacaklardı.

"Hadi, gelin. Onlara eve döndüğümüzü söyleyelim. Sonra da yukarı çıkıp müzik dinleyelim," dedi Chelsea.

Oturma odasının kapısına geldiklerinde donakaldılar. Chelsea'nin babası saçlarını jölelemiş, kot pantolonunun üzerine parlak bir gömlek giymiş, Elvis taklidi yapıyordu. Laura'nın annesi hanzonun kucağına oturmuş, onu cipsle besliyordu. Jemma'nın babası şişeleri birbiri ardına yuvarlıyordu. Bayan Banerji; Ginny, Bayan Joseph ve Bayan Farrant'a Hint dansı öğretiyordu. Rajiv ise onların beceriksizliklerine gülüp duruyordu.

"Anne, sen içmişsin!" diye bağırdı Chelsea.

"Anne, çamaşırın görünüyor!" diye bağırdı Laura.

"Anne, sen ne yapıyorsun, böyle? diye bağırdı Sumitha.

Jemma yutkundu. Annesi müziğin ritminde kendinden geçmiş, dans ediyordu.

Kızlarının tam zamanında eve döndüğünü görünce hepsi çok şaşırdılar.

"Ah, çocuklar," diyerek hıçkırdı Ginny, "demek döndünüz."

Bay Gee "Are you lonesome toniggght?" diye şarkı söylüyordu; şarap şişesini mikrofon yapmıştı.

"Anne! Baba!" diye bağırdılar kızlar hep bir ağızdan. "Neler oluyor size böyle?"

"Küçük bir parti veriyoruz," diyerek güldü Ginny. "Kutlama yapıyoruz!"

"Size inanamıyorum! Arkadaşlarımı eve getiriyorum ve neyle karşılaşıyorum! Gelin kızlar, gidelim. Burası bize göre değil."

"Anne, bunu nasıl yaparsın?" Laura kaşlarını çatmıştı.

"Yapmayın kızlar," dedi Ginny. "Hani siz hep söylersiniz ya?" İçkisinden bir yudum aldı. "Şimdi sıra bizde. Lütfen,

BİZİ RAHAT BIRAKIN!"